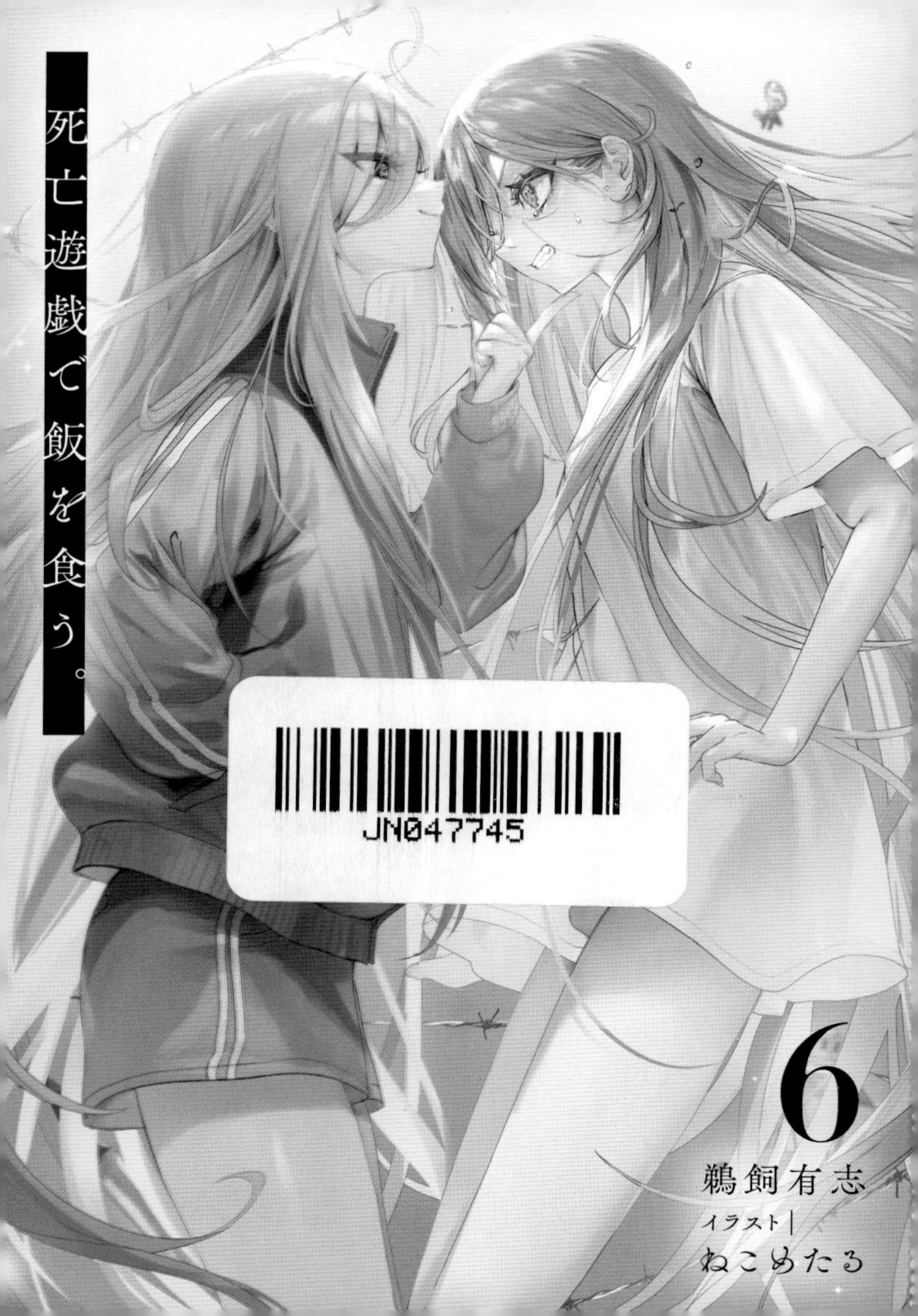

死亡遊戯で飯を食う。

6

鵜飼有志

イラスト｜ねこめたる

???

???

幽鬼の身につけた
『見えないものを見る』力に
乗じて現れた、幻影。

HEAD TO HEAD
ヘッド・トゥ・ヘッド

MAIDEN RACE《メイデンレース》

「クリアしたら
どうなるんです？
賞金とか出るんですかね？」

幽鬼

YUKI

「いいバイトがある」と
誘われるがまま、
とくに内容も確認せずに
初参加。

MAIDEN RACE《メイデンレース》

「ありがとうございます。
誰かと話したい気分だったんです。
どうしても不安で……」

静久
Shizuku

花奏の姉。
騙されてゲームに
参加した妹を追いかけて
ゲームに初参加。

「いやだ。もう、歩けない」

花奏

Kanade

静久の妹。
手早く稼げる仕事がある、と言われて
ゲームの内容を
知らないままに初参加。

MAIDEN RACE《メイデンレース》

MAIDEN RACE《メイデンレース》

「生気がない、と言うべきなんでしょう。
生きていくことが、
自分の中で当たり前ではなくなってしまった。
だから、このゲームに参加したんです」

雪名
Setsuna

生きる理由が見出せず、
自分の究極の運命を
ゲームに委ねるため初参加。

SNOW ROOM《スノウルーム》

「〈儀式〉を始めましょう。
彼女のイマジネーションを受け止めるに足る、
格調高い儀式をね……」

鈴々《Rinrin》

全盲の元プレイヤー。
幽鬼の要望に応えて
模擬ゲームを用意する。

「なんのために……
お前の言う、敏感で複雑でよわっちい
人間になったと思ってる？
九十九回のためだ。
そのために感覚を磨いたからだ。
それを昔に戻してどうする？
本末転倒だろうが」

SNOW ROOM《スノウルーム》

幽鬼

クリア回数60回超の
ベテランプレイヤー。
自らの〈幻影〉と対峙する。

死亡遊戯で飯を食う。6

鵜飼有志

MF文庫J

CONTENTS

口絵・本文イラスト●ねこめたる

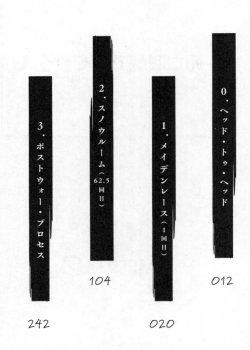

深く潜るほど、熟達するほど、見たくもないものを見てしまう。

0.ヘッド・トゥ・ヘッド

（0／3）

幽鬼《ユウキ》は、アパートの部屋に戻った。

（1／3）

電気をつけた。

六畳一間の我が家が、変わらぬ姿を見せた。

だが、その中に、異彩を放つものがひとつあった。いや――〈もの〉と呼んでいいかは怪しい。なぜならそれは、限りない実在感を放っていながらも、姿がゆらめいていたからだ。

〈それ〉は、見た目には幽鬼《ユウキ》とまったく同一の姿形をしていた。伸ばしっぱなしの髪に、生気のない顔に、着古したジャージに、幽霊めいた雰囲気。ヤクザの重役のごとき尊大な態度で床にあぐらをかいており、室内ゆえに靴は脱いでいたのだが、にもかかわらず、その靴は玄関口にない。彼女が実体のある存在ではない――〈幻影〉だということを示唆する事実だったが、しかし、幽鬼《ユウキ》がいくら目を凝らそうと、〈それ〉を視界から消すことはできなかった。

そうした幽鬼《ユウキ》の努力を嘲笑《あざわら》うかのように、幻影は唇を歪《ゆが》める。

「無駄だよ。私の存在は、もうなかばお前から独立してる。酒をたらふくかっこんだって消えないぜ」

声までも、幽鬼《ユウキ》とまったく同じだった。「何者だ、きさま」と幽鬼《ユウキ》は聞く。

「さっきも言ったろ。私は、お前さ」

「どうしてこんなものが見える？　なぜ現れた？」

「それはお前のほうがよくわかってんじゃないかな？　私を呼んだのは、ほかの誰でもない、お前だぜ」

幽鬼《ユウキ》は口をつぐむ。図星だったからだ。

やつの言う通り――実際のところ、大方の見当はすでについていた。アパートの外で幻影と会い、部屋に戻る最中、幽鬼《ユウキ》は思い出していた。自分のしでかしたことを。

玉藻《タマモ》。誰もが振り向かないではいられない、見目麗しい容姿のプレイヤー。彼女の師匠としての立場を幽鬼《ユウキ》は放棄し、もっともらしい言い訳をつけて関係を絶った。のちに〈ロワイヤルパレス〉の大詰めにて彼女と再会。玉藻《タマモ》を手にかけることでしか生還できない状況に追いやられた。いい加減な気持ちで他人と関わったから、だから、罰を受けたのだ――そんなふうに思いながらすべきことを実行し、
それで――一丁前にセンチメンタルな気分になって、こんなものを見ている。

幽鬼《ユウキ》は、左目を閉じた。

右目だけで、幻影の自分を見た。

普通に考えたら、この表現はおかしい。幽鬼《ユウキ》の右目はすでに視力を失っていて、見ることなどできるはずがないからだ。が、しかし、右目ひとつの視界にも幻影の姿は映った。見えないはずの右目で、見えてしまっている。その気配もひしひしと感じられる。

〈ロワイヤルパレス〉の最中、視覚情報に頼らないものの見方を幽鬼《ユウキ》は獲得した。もともと持っていた気配を読む能力もある。このふたつがもし、なんらかの理由で間違った方向に作用したとしたら——実際には居やしない人間の存在を感じることもできる。トリガーは玉藻《タマモ》で、実装は幽鬼《ユウキ》の超人的な感覚。それが、この幻影を構成する背景なのだ。

「ご名答」

と幻影は告げた。

幽鬼《ユウキ》自身だからだろう、心を読めるらしい。

「お前が腕を磨いてくれたおかげで、こうして表に出てこられたわけだ。その技術に感謝を表明するよ」

だがしかし、と幻影は続ける。

「その心理については軽蔑を禁じ得ないね。弟子を手にかけて、ショックを受ける？　おいおい、勘弁してくれよ。そんなみっともないことしてるんじゃないよ。らしくもない」

幽鬼《ユウキ》は答えない。

「一体どうしちまったんだ？　昔はもっと単純な人間だったじゃないか。いつからそんな、ぐちゃぐちゃとややこしいことを考えるようになった？　あれかな、あの白士《ハクシ》ってのがよくなかったのかな。それとも御城《ミシロ》か？　あるいは当人の玉藻《タマモ》か？　いずれにせよ洒落臭《しゃらくさ》いね。もっと気楽に行こうや」

幻影は、そして、幽鬼《ユウキ》に目を合わせた。

「思い出せ。お前が本来、どういう人間だったのかを」

あたかも視線を介して情報を送り込まれたかのように、幽鬼《ユウキ》の意識は、過去へと導かれる。

（2／3）

幽鬼《ユウキ》にとって、人生の始まりといえる瞬間。

それはもちろん、九回目のゲーム――〈キャンドルウッズ〉である。幽鬼《ユウキ》を現在の幽鬼《ユウキ》たらしめた、洗礼のゲーム。

けれども、当然、物質的な意味ではもっと前から幽鬼《ユウキ》の人生はあったわけだ。〈キャンドルウッズ〉以前――そのころの幽鬼《ユウキ》は、白士《ハクシ》の愚かな弟子をやりながら、目的を持たずただくすぶっていた。

そして——その、さらに前。

白士《ハクシ》に出会う前のこととなると、もはや忘却の彼方《かなた》だ。当時の記憶を、幽鬼《ユウキ》はなるべく思い出さないようにしていた。弟子時代の自分は今につながる途中過程として受け入れることができたが、あのころの自分は、とてもじゃないが許しがたい存在であり、意識にのぼらせることさえしたくなかったからだ。

しかし、こうなった以上、振り返らないわけにはいかない。

自分がどんな人間だったのか。

自分がどれほど、鈍感な人間だったのか。


（3／3）

1.メイデンレース（1回目）

（0／25）

高所に作られた足場の上で、雪名《セツナ》は目を覚ました。

（1／25）

物見やぐらのような、監視塔のような、あるいは灯台のような――高くそびえる建造物の上だった。

足場の広さは、十五メートル四方といったところ。端はすべて手すりで囲われている。素材は主に木材で、天井はついていない。ゆえに光を遮るものはなく、日光がくまなく全域に降り注いでいた。

そんな足場の上で、雪名《セツナ》は目を覚ました。

目を覚ましたのは、雪名《セツナ》だけではないみたいだった。そこには、ほかにも、たくさんの娘さんがいた。ほとんど全員がすでに目覚めていて、落ち着かなげにきょろきょろとするなり、手すりにもたれてくつろぐなり、十人十色のありようで過ごしている。ざっと数をかぞえてみたところ、およそ五十人。みな雪名《セツナ》と同年代――年頃の娘さんばかりで、さらには全員が同じ格好をしていた。

雪名《セツナ》は、自分が着ている〈それ〉をつまんで、よく観察した。

体操服だ。

独特の肌触りがある白地の布に、首周りや袖口などの要所要所で黒色が入っている。胸のゼッケンには、己《おの》が名前である〈雪名《セツナ》〉の二文字が踊る。下半身を覆っているのは、ブルマ。ずいぶん前に教育現場からは姿を消し、アスリートが使用するのみとなっている衣装である。

この国において、体操服という服装にお呼びがかかる場面は主にふたつだ。ひとつは、学校の体育の時間。もうひとつは、ありとあらゆるいかがわしい行為をするとき。今回は後者のケースに属するということを、雪名《セツナ》は知っている。

雪名《セツナ》は立ち上がり、足場の端まで歩いた。

手すりを持ち、辺りを見渡した。

そして――驚きをあらわにしないではいられなかった。

高所に作られた足場――その外には、びっしりと剣山が生えていた。花を生けるような小さなものではなく、人間を縦に貫くことも容易にできるであろう巨大なもの。それが、まるで、群生する針葉樹のごとく乱立している。

剣山は、足場の四方すべてに敷かれていた。足場の直径よりも長い距離――少なくとも三十メートルはあるだろうか――隙間なく続いていて、その先には本物の針葉樹林がある。

どうやらこの足場は森林を切り開いた中に作られているらしいが、しかし、その周囲だけが、人工の悪意に覆われていた。

事前に説明を受けてはいたが、驚かないではいられなかった。

雪名《セツナ》は、確信する。

これは、本物の殺人ゲームだ。


（2／25）


裏の世界で行われる、殺人ゲーム。

クリアすれば、破格の賞金。

それが、エージェントから受けた説明の概略だ。まさかそんなものが——という半信半疑の気持ちで参加した雪名《セツナ》だったが、こんなものを見せられてしまっては、信じないわけにはいかない。〈破格の賞金〉についてはまだ信憑性《しんぴょうせい》に疑いがあるけど、この場合、そこは問題ではない。なぜなら雪名《セツナ》の期待は、主として〈殺人ゲーム〉の部分にあったのだから——。

「もし」

と声をかけられた。

横を見ると、二人組のプレイヤーがいた。一人は大学生ぐらいの見た目で、もう一人は小学生ぐらい。

その二人を見て、姉妹かな、と雪名《セツナ》は思った。どことなく顔立ちが似ていたし、お互いにぴったりと密着していたからだ。背丈の低いほう――こっちがおそらく妹だろう――が、顔を胸にうずめるようにしてもう一人に抱きついており、その頭を、もう一人の姉と思《おぼ》しきほうが優しく撫《な》でてやっている、という構図だ。姿勢の関係で、ゼッケンのプレイヤーネームは見えなかった。

「話しませんか、少し」と姉のほうが言う。

「え、あ……はい」見知らぬ他人といきなり雑談するという状況に不慣れだった雪名《セツナ》は、しばし慌ててから、答えを返した。

「ありがとうございます。誰かと話したい気分だったんです。どうしても不安で……」と言って、姉は視線を下げ、胸に抱きついている妹を見た。怯《おび》え切っているのか、口もきけない様子だ。

「そりゃあ、不安でしょうね……」雪名《セツナ》は答える。「命懸けのゲームだなんて」

「ああ、やっぱりそうなんですね。経験者の方ですか？」

「いえ初めてですけど、でも、見ればわかりますよ」

視界いっぱいに映る剣山に意識を向けて、雪名《セツナ》は言った。

「……観察するに」と姉なるプレイヤーは言う。「あの丸太を渡っていけ、ということなのでしょうか」

雪名《セツナ》の表情筋に力が入った。顔をけわしくしたことを自覚した。

そう——剣山のインパクトがあまりにも強すぎて、あえて注目を向けなかったのだが、それもあるのだ。群生する剣山の中に、ぽつぽつと、丸太が伸びている。太いものもあれば細いものもあったが、すべて同じ高さに切《き》り揃《そろ》えられている。剣山の密集具合に比べるとその配置はまばらで、丸太と丸太の距離は一メートルないぐらい——つまり、いい具合に立ち幅跳びで飛び移れそうなぐらいの距離にある。

さらにいえば、目的地と思《おぼ》しき場所もすでに雪名《セツナ》は目にしていた。ここからはるか遠く——丸太を何十回も飛び移らないと届かないぐらいの向こうに、また別の足場があった。ここの足場と同様、木材を組んで作られた建造物の上にあるのだが、ここと違って陸の孤島などではなく、道が伸びている。道の続く先を雪名《セツナ》は目で追ったが、途中から辺りに茂る針葉樹林に吸い込まれて、見えなくなった。

剣山と、丸太と、はるか向こうにある足場。これらの要素が暗示することは？

「丸太渡りのアスレチック、ということでしょうね」姉なるプレイヤーは言う。「こういう危険なアスレチックに挑み、進んでいくというゲームなんでしょう」

「だとしたら冗談じゃないな……」雪名《セツナ》は答える。「誰もやりませんよ、こんなの」

「やらざるをえない、のかもしれません」

「というと？」

「もうひとつ、気になるものがあるんです。この足場の真ん中に……」姉なるプレイヤーは振り返って、「見てもらったほうが早いですね」

雪名《セツナ》と姉妹は、足場の中央に向かった。

主に木材で作られているこの足場であるが、中央部分の床には、幅広の液晶が取り付けられていた。どうやらなにか表示されているようだが――

「……誰か寝てますね」雪名《セツナ》は言った。

言葉の通り、パネルの上で眠っているプレイヤーがいた。

身長は高めで、髪は長く、まるで幽霊のような色白。胸のゼッケンに記された〈幽鬼《ユウキ》〉の二文字が、寝息をするたびにゆっくりと伸縮していた。彼女の体で液晶画面の大半は覆われていて、なにも見えない。

「私が見たときはこうじゃなかったんですが……」姉なるプレイヤーは言う。「寝返りでもして移動したのかな？」

雪名《セツナ》が足場を見渡したところ、いまだに眠っているプレイヤーは、この幽鬼《ユウキ》という娘だけだった。なんという寝ぼすけだろうと思いながら、雪名《セツナ》は彼女を横にどかした。それでも彼女は目覚めなかった。

さて――ようやく見えるようになった液晶には、タイマーが表示されていた。秒単位で数をかぞえ下ろしていて、現在の残り時間は三分ほど。

「ゼロになったらスタート、ということだと思うんです」

姉なるプレイヤーの推測に、雪名《セツナ》は同意する。単にゲームスタートの合図があるだけか、あるいはそれ以上のなにかが起こるのか――詳しいことはわからないが、なにかしらの動きがあると見て間違いあるまい。

タイマーがゼロになるのを待つ以外にすることはなさそうだったので、そうした。周囲のプレイヤーも――そのタイマーを重要なものとみなしているようで――大なり小なり注目を払っているようだった。

待っている最中《さなか》、雪名《セツナ》が姉なるプレイヤーに目を向けたところ、ゼッケンに〈静久《シズク》〉と書かれていることに気づいた。相変わらず妹ががっしりと抱きついていたものの、微妙に位置が変わっていたおかげで、読めるようになったのだ。

「静久《シズク》さん、というんですね」雪名《セツナ》は言う。

「え？　……ああ、そっか、名前隠れてたんですね」

この子の頭で――とでもいうかのように、静久《シズク》は妹の頭を撫《な》でた。

いいタイミングだと思ったので、「妹さんですか？」と雪名《セツナ》は聞いてみた。

「はい。この子を追いかけて、ゲームに参加したという次第でして……」

「妹さんはどうしてゲームに？」

「手早く稼げる仕事がある、と言われて、参加したそうです。殺人ゲームだとは知らなかったみたいですね」

なるほど、騙《だま》されたわけだ。姉妹ともども、本来ならこんな場所に来るべき人間ではないのだろう。

——私とは違って。

「雪名《セツナ》さんも、騙されて参加したのですか？」

「いえ、私は……」

雪名《セツナ》が答えかけたそのとき、目の端で、タイマーがゼロになるのを見た。

その直後。

がたん、という、なにかが落下するような音がした。


（3／25）


どの方角から鳴った音なのか、わからなかった。

なので、雪名《セツナ》は辺りを見渡した。それでも、音の原因を知るのには時間がかかった。それが微小なものだったから——ではない。あまりにも変化が大きかったせいで、かえって発見が遅れたのだ。

手すりが、消えていた。

足場を囲んでいた手すりが、綺麗《きれい》さっぱりなくなっていた。

「……見ましたか、今の」

静久《シズク》が言った。「なにがあったんです？」と雪名《セツナ》は聞いた。

「手すりが……落ちました。その下の床ごと」

雪名《セツナ》は足場の端を見た。手すりが落ちたという痕跡は見つけられなかった。床の一部が崩れたのならばさっきよりも床面積は小さくなっているはずだが、どうだろう、よくわからない。

床の距離を測ることについては諦めて、雪名《セツナ》はタイマーに目を向けた。一時はゼロを記録したはずのタイマーは、現在〈14：50〉を表示していた。カウントは今も続いていて、一秒ごとに数字を減らしている。

「……ゲームスタート……なんでしょうか」

雪名《セツナ》は言った。静久《シズク》は首を横に振る動きで〈わかりません〉と答えた。

判断材料の足りない状況だった。確かに、手すりが落ちたことで、足場と外を隔てるものはなくなった。丸太に飛び移りやすい状態になりはしたものの、しかし、これだけでは、スタートの合図だとは確信できない。

雪名《セツナ》と静久《シズク》だけでなく、ほかのプレイヤーたちも同様の気持ちらしい。皆一様にざわざわとしていて、足場から一歩踏み出すことなど誰もしなかった。雪名《セツナ》がエージェントから聞いた話では、この殺人ゲームを稼業にしている経験者もいるらしいが、このぶんだと今回はいないのだろうか。それとも経験者でさえ困惑する状況だということか。真相はどうあれ誰も動かず、ただ時間が過ぎていく。

考えてみればこれはおかしなことだ。待っていたからといって、状況がよくなるわけはないのだから。このゲームの設計者が——個人なのか組織なのかすら雪名《セツナ》にはわからないが——ここまで大掛かりな仕掛けをしておきながら、プレイヤーの尻を叩《たた》く用意をしていないわけがあるまい。なにか起こるはずだ。それが起こる前にスタートしておいたほうが、おそらくは賢明だ。理性で考えればそうなのだが、あの剣山を見てしまうと理性は引っ込み本能が出た。なにか変化が欲しい、と思ってしまう。先に進まねばならないような、それが必要だと一発でわかるような、決定的ななにかが欲しい。

そんな気持ちが充満した足場にて、タイマーは時を刻み、やがて十二分を切った。

そして——みんなの望んだ、決定的な出来事が起こった。

「……！」

その瞬間、雪名《セツナ》は、身じろぎすらもできなかった。

足場の床が——三分前の手すりと同じように——外側から削れるように——

崩れ落ちた。

幸いにも雪名《セツナ》はタイマーの近く——すなわち足場の中央付近にいたので難を逃れたが、崩落領域に位置していた娘さんも何名かいた。崩れ始めの瞬間に走り出し、かろうじて内側に避難できた者もいたが、そのほかは崩れゆく床と運命をともにした。落下者たちの金切り声が数秒間続いたあと——

木材が砕ける音と、生々しさを感じさせる音が、足場まで届いた。

頭の中で、雪名《セツナ》は、パニックになることを覚悟した。

だが、意外にもそうはならなかった。雪名《セツナ》がただただ息を呑《の》んでいたように、ほかのプレイヤーもそうしていたのだろう。気持ち悪いぐらいの静寂が辺りを覆った。人が死んだというのに、誰一人として声をあげなかった。声をあげたら、今起こったことが事実として確定してしまうから、だから黙っているのかもしれない。いっそパニックになってくれたほうがありがたいとさえ雪名《セツナ》は思った。アルコールや揚げ物を摂《と》りすぎたあとのような、この胸の悪さを、少しでも楽にしたかったからだ。

「三メートルだ」

しばらくして、誰かがつぶやいた。

その声はもちろん震えていた。

「三分経《た》ったから……三メートル。三メートルずつ落ちるんだ……」

雪名《セツナ》の頭が——体が動かない分活発に働いていた頭が、その意味を理解する。

足場の大きさは十五メートル四方。タイマーも十五分。三分ごとに外側から三メートル分ずつ足場が削られていき、最後には足場全体が消えてなくなる。だから、そうなる前に丸太のほうに飛び移らなければいけない。そういうルールだ。そういう問題設定なのだ。やはり、あのタイマーはスタートの合図で間違いなかったのだ。

すべてを理解して、けれども、雪名《セツナ》の体は動かなかった。

こんなにも動かないものか、と思う。殺人ゲームだとはわかっていたはずなのに——それを承知で出場したはずなのに、いざ危険を目の前にするとこんなものか。本当に、まるで全然制御が効かない。自分の中途半端な人格を表しているようで、雪名《セツナ》は自分に腹が立った。このしょうもないやつめ——。

「行きましょう」

と、そのとき、雪名《セツナ》は声をかけられた。

静久《シズク》だ。

「おそらく、残り九分を切ったらまた足場が減ります。そうなったら、丸太に飛び移るのはかなり困難になる。早く行かないと……」

足場の周りに設置されている、丸太。

軽くジャンプしただけで飛び移れそうな距離にも、たくさんあった。しかし、床の一部が落ちてしまったせいで、さっきとは状況が変わっていた。三メートル分が落ちたわけだから、両側で分担して一・五メートル。それだけの距離が遠のいた計算になる。残り九分を切ってさらに床が落ちたとしたら、また一・五メートル分遠のく。合わせて三メートル。飛び移るにはなかなかの苦労を強いられる距離だ。

だから、早く、行かないといけないのだが。

「それに……。雪名《セツナ》さん、ご覧になりましたか？　丸太にも液晶画面がついていたのを。もしかしたらこのゲームは、そういうことなのかも……」

液晶？　と雪名《セツナ》は思う。そこまで注意深く観察してはいなかった。

この足場と同じく、丸太にも液晶がついている。なんのために？　タイマーとして？　だとしたらなにを数えるもの？　雪名《セツナ》はだんだん頭のほうも回らなくなってきた。回したくないと、心のどこかで思っているのだ。

「行きましょう、雪名《セツナ》さん」

静久《シズク》が、雪名《セツナ》に目を合わせて、繰り返した。

だが、雪名《セツナ》は返事できなかった。はい、と答えることも、頷《うなず》くこともできなかった。丸太を目指して足場を歩いていくことなど、もってのほかだった。

静久《シズク》は、ちらりとタイマーをうかがった。〈11：02〉と表示されているのを瞳に映してから、また雪名《セツナ》に視線を合わせ、

「失礼します」
と言った。
「向こう岸で、また会いましょう」
静久《シズク》が丸太のほうを向いた。置いていかれる、と雪名《セツナ》は理解した。待ってくれ——など
という筋違いな物言いを、うまく声が出なかったので雪名《セツナ》はしなくても済んだ。
静久《シズク》は、妹と一緒に足場の端に歩いていった。そこで静久《シズク》は——さすがにひっつかせた
まま飛び移るわけにはいかないからだろう——妹を引き離した。雪名《セツナ》に勝るとも劣らぬほ
どに怯《おび》えていたその妹と、静久《シズク》はいくらか会話をした。会話の内容は聞こえなかったが、
自分が先に跳ぶからついてきなさい、というようなことを、たぶん言っていた。
それが終わると、姉妹はウォームアップを始めた。辺りを軽く走り回って、何度か足場
の上で走り幅跳びもした。それだけでは、彼女たちの運動能力について診断を下すことは
雪名《セツナ》にはできなかったけれど、練習風景はさまになっているように見えた。
準備を終えると、静久《シズク》はいよいよ、足場の外に足先を向けた。
その様子を、おそらく、彼女を除く全員が見守っていた。集中する視線に静久《シズク》は少し複
雑そうな顔をしながらも、練習でしたのと同じように十分な助走をつけて、
踏み切った。
思わず、雪名《セツナ》は目を閉じてしまった。

静久《シズク》がしくじるかもしれないと思っていて、しかもそれを瞳に映したくはないという、
情けない根性を体現している行為だった。自分がつくづく嫌になりつつ、雪名《セツナ》は目を開け
る。
すると——幸いにも、彼女はそこにいた。
足場の近くにあった丸太のひとつに、両足を乗せていた。
成功したのだ。嬉《うれ》しい気持ちになったのも束《つか》の間《ま》、雪名《セツナ》ははっとした。静久《シズク》の視線が、
足元の丸太に注がれていたからだ。より正確には、丸太に取り付けられていた液晶画面に
——。あるとわかった上で観察すれば、雪名《セツナ》にもそれを発見することはできた。しかし、
画面の内容までは読み取れない。雪名《セツナ》は足場の端に近づいて目を凝らした。
〈00：22〉と表示されていた。
タイマーだ。時間経過から考えて、たぶん、残り三十秒からのスタート。静久《シズク》が丸太に
飛び乗った時点で、カウンタが動き出した。重量センサーかなにかついているのだろう。
ゼロになったらなにが起こるのか——雪名《セツナ》にはすでに予想がついていた。静久《シズク》もどうやら
そうだったようで、彼女はタイマーが十秒を切った段階で、近くの丸太に飛び移った。
そして。
ゼロの瞬間、ぽん、と音を立てて丸太は破裂した。
中に爆弾でも埋め込んであったのだろう。焦げ臭い匂いを放ちながら、ばらばらと崩れ、

足場としての用を為《な》さなくなった。

「三十秒です！」

と静久《シズク》は雪名《セツナ》たちに向かって呼びかける。

「三十秒で、丸太が崩れます！　乗った段階でタイマーが作動して、ゼロになったらああなります！　つまり――丸太は早いもの勝ちなんです！」

そう叫んでから、静久《シズク》は妹に手招きをした。彼女は怖がりつつも丸太に飛び移った。姉同様の見事なジャンプを決め、それから、姉妹はそのまま丸太渡りを進めた。

「みんな下がれ！」

そんな折、誰かが言った。

「もうそろそろ、九分を切る！」

全身から汗が吹き出すような感覚とともに、雪名《セツナ》は走った。

ただし、足場の外ではなく――内側に。

幸いにも、野次馬《やじうま》根性でぼけっと突っ立っていて死んだ間抜けにはならずに済んだ。警告者はかなり時間に余裕をとっていてくれたようで、雪名《セツナ》が安全地帯に入ってから、足場が崩れ出すまでにかなりの間隔があった。その余裕のおかげで、見たところ、今回は誰も死ななかった。

しかし、丸太への距離は、また遠のいてしまった。

プレイヤーたちは足場の外を見た。その脳内には、たぶん、静久《シズク》の最後に述べた言葉が繰り返していた。この足場だけではなく、丸太にもタイマーがある。三十秒で崩れる。誰かが乗った丸太は、破裂して二度と使えなくなる——その事実が、まさに目の前で裏付けられた。静久《シズク》とその妹が飛び移った丸太が、次々に破裂するのが見えた。ぼん、ぼん、ぼん、ぼん、ぼん、ぼん、ぼん、

誰がいちばんに叫び出したのか、わからない。

だが、今度こそパニックになった。溜《た》まっていた恐怖が爆発したかのように、足場の液晶がワイングラスのごとく割れるのではないかというぐらい、盛大に、娘さんがたは金切り声をあげた。

もっとも、そのパニックにはいい効果もあった。静久《シズク》のほかにも、勇気ある選択をする者を生んだからだ。一人、また一人と、娘さんたちは丸太渡りに挑んだ。開始時から三メートルの距離が増していたものの、決して飛び移れない距離ではなく、成功率は低くはなかった——高くもなかった。半分ほどは丸太につかまることができないか、あるいははずれた方向に跳んでしまい、落下した。

足場からプレイヤーが減っていくのを、呆然《ぼうぜん》と雪名《セツナ》は眺める。

眺めてる場合か、という声が頭に響いた。

観客じゃないのだ。お前だってプレイヤーなのだ。さらに三分経《た》って足場が崩れたら、

丸太に飛び移るのはほとんど不可能になる。早く行かないと——。なけなしの勇気をかき集めて、雪名《セツナ》は決心を固めた。

まだ近場に残っていた丸太のひとつに狙いを定めてから、一度振り返った。タイマーを確認するためだ。雪名《セツナ》の目に映ったのは、〈08：02〉と表示された液晶。あわてふためく体操服姿の娘さんたち。そして——

「……はあ……？」

と雪名《セツナ》は言った。

せっかくかき集めた勇気が、霧散してしまった。頭が真っ白になった。ありえないものを——非現実的きわまりないこんな状況においても、いっそうありえないと感じるものを、見てしまったからだ。

雪名《セツナ》はぎゅっと目を閉じて、開いた。〈それ〉はまだそこにあった。極限状態に追い込まれた雪名《セツナ》の脳髄が作り出した幻想などではなく、確かに存在している。

それは。

こんなパニックの渦中にありながら、いまだにすやすやと眠るプレイヤーの姿だった。


（4／25）

高所に作られた足場の上で、幽鬼《ユウキ》は目を覚ました。

（5／25）

「む……」

とうめきながら、幽鬼《ユウキ》は起き上がった。

目ヤニのついた両目に、日光が差し込んでくる。外のようだ。木製の床の上に寝転がっている。周りには幽鬼《ユウキ》のほかにもたくさんの娘さんたちがいて、なんだかあわただしい。どうしたというのだろう。

「ああ、やっと起きた……！」

幽鬼《ユウキ》の近くで声がした。

見ると、綺麗《きれい》な女の人がいた。なぜか体操服を着ていて、胸のゼッケンに〈雪名《セツナ》〉と書かれている。名前だろうか。

雪名《セツナ》なる女の人は、「早く！　急いで！」とめちゃめちゃ焦った調子で言う。

「もうゲームが始まってます！　急がないと死にますよ！」

申し訳ないことに、その言葉では緊急性が伝わってこなかった。そもそも、どうしてこんな場所にいるのか、幽鬼《ユウキ》はいまいち把握できていない。ゲームとはなんだろう。

「ゲームってなんですか？」と幽鬼《ユウキ》は率直な疑問を口にする。

「……っ……！」

まるで幽鬼《ユウキ》が悪いことを言ったみたいに、雪名《セツナ》は顔をしかめた。その一秒後に真剣な面持ちに変わってから、

「いいですか、幽鬼《ユウキ》さん」

と彼女は言った。

「よく聞いてください。一回しか説明しません。なぜなら私たちには時間がないからです。一回聞いてそれで納得してください。いいですね」

なにやらわからぬまま、「はい」と幽鬼《ユウキ》は口にする。

「私たちはサバイバルゲームに参加しています。ここはスタート地点。すでにゲームは始まってます。私たちは今から、あの人たちがしているみたいに……」

雪名《セツナ》はこの足場の外を指差した。長く伸びた丸太の上を、娘さんたちがジャンプして渡っている。

「丸太を飛び移っていって、向こうの足場まで行かないといけません。なぜなら、ここの足場はあと数分で崩れる予定になっているからです。その前に脱出しないといけない。わかりましたか？」

まだぼうっとしていた幽鬼《ユウキ》の頭にも、その説明はスムーズに吸い込まれていった。「あ

あ……」と幽鬼《ユウキ》は納得の声を出す。

「こんな感じのドラマ、最近見たことあります」

「話が早くて助かります。では、行きましょう」

雪名《セツナ》に手を引かれて幽鬼《ユウキ》は立ち上がった。自分も体操服を着せられていることにそこで気づいた。「ところで、なんで体操服なんですかね？」と幽鬼《ユウキ》は言う。

「覚えがないんですけど、いつ着替えたんでしょう？」

「……あとで説明します！　今は黙ってついてきてください！」

ものすごい剣幕《けんまく》で怒鳴られた。幽鬼《ユウキ》はおとなしく黙った。

足場の周りに置かれた丸太を、幽鬼《ユウキ》は観察する。その直径はさまざまで、太いものもあれば細いものもある。その中でもいちばん太いもの――ひいては飛び移りやすそうなものに雪名《セツナ》は目をつけて、下がった。足場から丸太への距離を埋められるほどに十分な助走をつけて――

雪名《セツナ》は、跳んだ。

直接飛び移るのには、やや飛距離が足りなかった。角っこのところに頭をぶつけ、側面に体ごとぶつかる形で、雪名《セツナ》は丸太との接触を果たした。まさにがっぷり四つという感じで丸太にしがみつき、よじよじと登った。無事丸太の上にたどり着くと、本当に、心の底から安心したみたいに大きな息を吐いた。どんくさい人だなあ、と幽鬼《ユウキ》は思う。

雪名《セツナ》は立ち上がると、〈こっちに来い〉とハンドサインで促してきた。

幽鬼《ユウキ》は従う。さっき雪名《セツナ》がしたのと同じ手順を踏んで、飛び移った――

――雪名と同じ丸太に。

「……！？？？？」

吐息がかかるぐらいの至近距離で、雪名《セツナ》は目を白黒させた。

太めの丸太だったものの、二人が乗るとなるとスペースはぎりぎりだった。幽鬼《ユウキ》と雪名《セツナ》は互いに組み付き、前に後ろに何度か揺れて、やっとのことでバランスを取り戻した。

「ちょっ……なにやってるんですか⁉　幽鬼《ユウキ》さん」

「え、いけなかったですか？」

「別々のルートで行くんです！　私と同じ丸太に乗ってこないでください！」

そうだったのか、と幽鬼《ユウキ》は思う。

「考えたらわかるでしょう？　二人乗ったら狭いじゃないですか！」

「だって、ついてこいって言うから……」

「……言いましたけど！　文脈でわかれよ……！」

続けざまに叫びすぎて、雪名《セツナ》は声が枯れていた。すまないなあと幽鬼《ユウキ》は思うが、でも、これは彼女の説明が悪かったのではないかとも思う。

「と、とにかく……」雪名《セツナ》は言う。「もたもたしてられません。早く飛び移りましょう。

この丸太も、タイマーがゼロになったら壊れますから」

雪名《セツナ》は足先で、丸太をとんとんと叩《たた》いた。丸太にも液晶画面が取り付けられており、カウントダウンが始まっていた。残り十五秒ほど。ゼロになったら崩れるということだろう。

「わかりました」と幽鬼《ユウキ》は答える。

「それで……どっちから先に行きましょうか？」


（6／25）


気を取り直して、幽鬼《ユウキ》と雪名《セツナ》は丸太渡りに挑んだ。

最初こそ一悶着《ひともんちゃく》あったものの、それ以降は順調だった。丸太は十分な数、飛び移るのに苦労しない密度で配置されている。落ち着いて飛べば、まず失敗することはない。実際、周りを見ても、途中で落下してしまうプレイヤーは多くなかった。

「あくまで第一ステージ……ということなんでしょうね」

と雪名《セツナ》は語る。声が届くぐらいの距離を保ちながら、幽鬼《ユウキ》と雪名《セツナ》は移動していた。

「こういうアスレチックが、この先、いくつも用意されているんでしょう。向こうの足場から道が続いていますから……」

目指す先の足場に幽鬼《ユウキ》は目を向けた。確かに、そこから道が伸びている。到着したあとも、まだ続きがあることを示唆する事実だ。なるほど——最初の関門だから、難易度もそれなりというわけだ。

幽鬼《ユウキ》と雪名《セツナ》は順調に進んだ。あまりにも順調なので、幽鬼《ユウキ》は退屈してまた眠りに落ちてしまう——なんてこともなかった。簡単なアスレチックではあったが、道中、ヒヤリとすることもいくらかあったからだ。あるときは、すでに誰かが通ったあとの丸太に乗ってしまうことがあった。タイマーがすでに作動していて、残り十秒しかなかった。急いでまた別の丸太にジャンプしてことなきを得た。またあるときには、伸ばしっぱなしにしていた幽鬼《ユウキ》の髪の毛が、丸太の樹皮に引っかかってしまうこともあった。髪の毛数本をそこに置いていき、また、それからは髪をまとめておくことにした。そんなふうに適度な刺激を受けながら幽鬼《ユウキ》は進み——

そして、三つ目の問題がゴール直前で起こった。

「……道がないですね」雪名《セツナ》が言った。

第一のアスレチック、丸太渡りのゴールとなる足場。

その周辺には——ほとんど丸太がなかった。

幽鬼《ユウキ》はすぐ、原因を理解した。幽鬼《ユウキ》たちよりも先に、数十人のプレイヤーがすでにここを通っている——。一度乗った丸太は自動的に壊れてしまうのだから、必然、そのルートでは丸太が枯れるという現象が起こる。言うなれば獣道の逆だ。踏み均《なら》されれば均されるほど、そこは通りにくくなる。

足元を見ると、その推測が裏付けられた。剣山に混じって、破裂した丸太の残骸が大量に見られた。元々はたくさんの丸太があったのだ。

「迂回《うかい》するしかありませんか……」

と言って、雪名《セツナ》は足場の右側を見た。そっちにはまだ、多少、丸太が残っている。右側に回る分、移動距離は前から行くよりも伸びてしまうわけだが、そのルートを選んだほうが安全ではあるだろう。

が、「面倒ですね」と幽鬼《ユウキ》は言う。

「なんとか行けないもんですかね？」

幽鬼《ユウキ》は、足場の前方にある、まばらな丸太たちをよく観察した。まばらではあるものの、頑張れば渡れないこともないように思えた。

「こうこうこう、って行ったら、いけると思うんですよね」

己の発見したルートを、幽鬼《ユウキ》は指で示す。「いやいや……」と雪名《セツナ》は首を横に振る。

「可能かもしれませんけど、わざわざ危険を冒さなくたって……」

雪名《セツナ》の忠告を幽鬼《ユウキ》はスルーした。丸太のタイマーがゼロに迫っていたので、隣の丸太に移った。同じように丸太を移った雪名《セツナ》に向かって、「雪名《セツナ》さんは、右側から行ってください」と幽鬼《ユウキ》は言う。

「どのみち、二人は行けそうにないですし」

「……本気なんですね？」

なんか大袈裟《おおげさ》だな、と思いながら、「ええ」と幽鬼《ユウキ》は答える。

「わかりました。……どうかご無事で」

雪名《セツナ》は言い、そこで一旦、二人の道は別れた。雪名《セツナ》は右ルートから、幽鬼《ユウキ》は前方から。

最初に飛び移るべき丸太に幽鬼《ユウキ》は目を向けた。必要なジャンプは四回。幽鬼《ユウキ》は丸太の端から、その直径分――そのわずかな距離も無駄にせずに一歩分だけの助走をつけてから、跳んだ。

一回目のジャンプは、何事もなく成功。

二回目のジャンプでは、やや飛距離が足りず、さっきの雪名《セツナ》みたいに丸太の側面にぶつかった。

そして――三回目。ここが最難関だった。純粋なジャンプ力だけでは届かないだろうと予測できていたので、幽鬼《ユウキ》は空中で体を横向きにして、両手をぴんと伸ばした。かろうじて手の先が引っかかった。指何本分かの摩擦を最大限利用して体を前に持っていき、丸太の側面を靴でがつがつと擦《こす》り、なんとか体重を支えながら丸太に登った。

四回目はほとんど距離がなかったので、消化試合だった。幽鬼《ユウキ》が足場に着くと、雪名《セツナ》はまだいなかった。幽鬼《ユウキ》のほうが近いルートを選んだのだから当然だ。少しして、幸いなこ

とに雪名《セツナ》も無事な姿で足場に到着。安堵《あんど》の息をゆっくりと大きく吐いてから、

「……お見事です」

と雪名《セツナ》は言ってきた。「どうも」と幽鬼《ユウキ》は答えた。

「う……」

足場の床に目を向けて、雪名《セツナ》は顔をしかめた。

その真ん中には、スタート地点と同じようなタイマーがついていた。カウントダウンがすでに始まっている。雪名《セツナ》が到着した瞬間にタイマーが動き出したことを、幽鬼《ユウキ》は確認していた。

幽鬼《ユウキ》は振り返り、自分たちが進んできた丸太の道に目を向けた。見たところ、残っているプレイヤーは一人もいない。幽鬼《ユウキ》たちが最後のようだ。最後尾のプレイヤーが着いた時点で、タイマーが動き出すという仕掛けなのだろう。この足場が永遠の安全地帯ではないことを、それは示している。

「進みましょうか」

どちらからともなく二人はそう言い合って、足場から伸びている道に、踏み入った。幽《ユウ》鬼《キ》と雪名《セツナ》――すなわち女二人が横に並んで通れるぐらいの道幅で、両端には手すりがついている。道の両側には、足場の周りと同じように剣山が敷き詰められていて、降りることはできなさそうだった。ゲームから途中退場することはできないようだ。

　また、その道にも、一定の間隔でタイマーがついていた。

「ここも崩れるんですかね？」と幽鬼《ユウキ》は雪名《セツナ》に話を振る。

「だと思います。道や足場がどんどん崩れていくから、前に進まないといけない。そういう趣旨のゲームなんでしょう」

　電子ゲームの強制横スクロールみたいなものかな、と幽鬼《ユウキ》は思った。


（7／25）


　道を進んでいくと、またもや広い足場があった。

　雪名《セツナ》が見るに、大きさはさっきのものと同じぐらい。遠くにはまた別の足場がある。例によって下には剣山が敷かれていたのだが、ふたつの足場を結んでいるのは丸太ではないものだった。

　鉄条網――と言うのだろうか。有刺鉄線を編んで作られた網が、足場の間に張られている。数は全部で三つで、いずれも縦向き。壁を這《は》うクモのように、それを伝って進まなければならないようだ。

　先に到着していたプレイヤーのうち、半分ほどはすでに鉄条網に挑戦していた。残る半分は、順番待ちをしているのだろうか、三つの網それぞれの前で列を作っている。その数は合計で四十名弱。最初は五十人ぐらいのプレイヤーがいたはずなので、差し引き十数名は、すでにここを突破したか、さっきの丸太渡りで命を落としてしまったのだろう。

プレイヤーの中には、知っている顔もいた。

「あ……。ご無事でしたか」

静久《シズク》だった。妹と一緒に、列に並んでいる。

「ええ、なんとか」雪名《セツナ》は答えた。

「おや。後ろの方は、確か……」

幽鬼《ユウキ》に視線を向けて、静久《シズク》は言った。タイマーの上で寝ていたこの幽霊少女のことを、覚えていたようだ。

「ええ、一緒に丸太を渡ってきました」雪名《セツナ》は言う。「幽鬼《ユウキ》さん、足場が落ち始めたあともまだ寝てたものですから……。私が起こしてあげて、そのまま同行したんです」

「どうもです」

と一礼する幽鬼《ユウキ》を見て、「大変でしたね」と静久《シズク》は苦笑した。

「ところでこの列は？　順番待ちですか？」雪名《セツナ》は聞いた。

「みたいですね。自然発生的に、そういう取り決めになったようです。網ですから、あんまり大人数で乗ると壊れるかもしれませんし、先がつっかえてしまうこともありえますから」

「なるほど……」と雪名《セツナ》は言うが、

「あれ。でも、どうして列にいるんです？　静久《シズク》さん、最初に到着したのでは？」

静久《シズク》およびその妹は、丸太渡りのアスレチックにいち早く挑んだ。当然、ゴールもかなり早かったと考えるのが自然だ。なのにどうして、鉄条網に挑んでいる半分ではなく、順番待ちをしているもう半分のほうにいるのだろう。

「まあ、そうなんですが……。ちょっとね」

静久《シズク》は言葉を濁した。

なんだろう、と雪名《セツナ》が思っていたそのとき、自分に浴びせられている視線を感じた。静久《シズク》の妹が、怯《おび》えた眼差《まなざ》しをこっちに向けていたのだ。目の周りが腫れ上がっていて、ゼッケンの上に――〈花奏《カナデ》〉の二文字が書かれた上に――涙の跡と思《おぼ》しきマーブル模様ができている。かなり泣いた様子だ。見たところ怪我《けが》をしているようではなかったが、なにかあったのだろうか。

気にはなったが、詮索するのもなんである。「じゃあ、またあとで」と静久《シズク》に別れの挨拶をして、雪名《セツナ》と幽鬼《ユウキ》は列に並んだ。静久《シズク》たちの並んでいた列がいちばん人数が少なかったので、そこを選んだ。

「あの人、お知り合いですか？」

と幽鬼《ユウキ》に聞かれたので、「ええ」と雪名《セツナ》は返事する。

「普通そうな人でしたねえ」

「実際、普通の人なんだと思いますよ。妹さんともども、望んでゲームに参加したわけではないみたいで……」

「へえ……。そういう人もいるんですね」

やがて順番が来て、幽鬼《ユウキ》と雪名《セツナ》は鉄条網に体重を預けた。雪名《セツナ》が先で、幽鬼《ユウキ》が後ろ。

第二アスレチック――鉄条網。さっきの丸太とは違い物理的に道がつながっているので、その点でいえば難易度は下がっている。手足をちゃんと網にかけていれば、まず落ちることはない。

だが、楽勝とも言い難《にく》い。なにしろ網の素材は有刺鉄線なのだ――。物騒なとげとげが大量についている。そのため、しっかりと網を握るわけにはいかず、指を引っ掛けるようにして体重を支えなければならない。本来は人を寄せ付けないために敷くものなのだから、それをつかんで進むだけでも難事業ではあるのだ。二の腕から先が露出している両腕や、ブルマのせいで付け根のぎりぎりまで晒《さら》されている両脚を切らないように注意しつつ、雪名《セツナ》と幽鬼《ユウキ》は進んだ。その注意深さのおかげか、しばらくは何事も起こらなかった。

しばらくが終わったあと、トラブルが起こった。

雪名《セツナ》の前を進んでいたプレイヤーが、止まった。どうやらつっかえたらしい。前方から、揉《も》めているような声も聞こえる。なにが起こっているのか雪名《セツナ》は確認しようとするが、プレイヤーたちの体に遮られたのと、横向きな体勢のこともあって、よく見えなかった。

「なにかあったんですかね？」

雪名《セツナ》の後ろで幽鬼《ユウキ》が言った。網につかまったまま、大きく体を引いていた。前を見ようとしているのだろう。しかし見えなかったらしく、幽鬼《ユウキ》はさらにぐっぐっと、勢いをつけて体を引こうとする。その動きに影響されて鉄条網が揺れ、振動が雪名《セツナ》のところにまで伝わってきた。

「ちょっ……ちょっと幽鬼《ユウキ》さん。揺らさないでくださいよ」雪名《セツナ》は言った。

「え？　ああ、すいません」

心なさそうな顔で、幽鬼《ユウキ》は頭を下げた。能天気な人だなと雪名《セツナ》は思う。落ちたら死ぬと、本当にわかっているのだろうか――。

二人はしばし、渋滞が解消するのを待った。しかし事態は変わらないどころか、悪化の一途をたどっているようだった。最初はうっすらとしか聞こえなかった揉め事の声が、しだいに大きくなっている。お互いにヒートアップしているらしい。〈早く行け〉〈あとがつっかえてんだ〉――〈いやだ〉〈もう進まない〉。そんな言葉が、断片的に聞き取れるようになっていた。

漏れ聞こえてくる言葉が雪名《セツナ》の耳に届く。その内容によると、どうやら、進むのをやめてしまったプレイヤーが前のほうにいるようだ。有刺鉄線で手を切り、痛くて進めないと言っている。手がだめなら手首を引っ掛けて進め——と後ろのプレイヤーが説得するのだが、その話し方はどうも高圧的というか、乱暴というか、説得にはまず向いていないタイプであり、逆に彼女を意固地にさせてしまっている。話が長引くうち、両者ともにだんだんとボルテージが上がっていき、口論と言っても差し支えのない状態に陥ってしまっている——という状況らしい。

いやだな、と雪名《セツナ》は思う。生来、争い事が嫌いな性格だった。他人の言い争いを傍《はた》から聞いているだけでも、胃がきゅっとなる。両手を網にかけているせいで耳を塞ぐこともできないし——。どうか早く終わってくれ、と願う。

「……あれ?」

と幽鬼《ユウキ》が言った。

「さっきの人じゃないですか、この声」

「え?」

「静久《シズク》さん……でしたっけ。仲裁しようとしてるんですかね」

雪名《セツナ》は耳を傾ける。確かに、言い争いの声に混じって、比較的落ち着いた調子をした第三者の声が聞こえた。喋《しゃべ》っている内容までは聞き取れなかったものの、声色は、確かに静《シズ》久《ク》のそれである。

雪名《セツナ》は想像する。とすると、もしや列を止めているのは、静久《シズク》の妹さん——確か花奏《カナデ》といったか――なのだろうか？　静久《シズク》が仲裁役を買って出るとすれば、そう考えるのが自然だ。

妹さんの声は聞いたことがなかったので、事の真相はわからない。言い争いを黙って聞くしかない。

「暇ですねえ……」

正直きわまりない感想を幽鬼《ユウキ》は漏らした。

「あとどのぐらい続くんでしょうね、これ」

「さあ……。あの様子だと、まだ長いことかかりそうですね」雪名《セツナ》は答える。「でも、永久にこのままというわけにはいかないでしょうね。ここの足場にもタイマーがついていて、いつかは崩れますから……。その前に動いてもらわないと、まずいです」

「？　なんの話ですか？」

「え？」

「……ああ、ええと、あの揉《も》め事のほうじゃなくて。ゲーム自体の話です。サバイバルゲームって話でしたけど、あとどのぐらいでゲームクリアになるのかな、と思って」

「ああ……」

そっちか、と雪名《セツナ》は思う。ややこしいタイミングで聞かれたものだから勘違いした。

「まあ、それも、まだ長いこと続くんじゃないでしょうか。聞いた話だと、ゲームの生還率は七割ほどで、初心者の場合はもっと低いとのことですから。歯応えのあるアスレチックがまだまだ控えているものかと」

「クリアしたらどうなるんです？　賞金とか出るんですかね？」

「ええ、出るみたいですよ。……というか幽鬼《ユウキ》さん、それすら聞かされてないんですね」

「みんなは聞かされてるんですか？」

「そうだと思いますよ。少なくとも私は、エージェントから事細かに説明を受けました。賞金額とか、危険性とか、そういうのを全部聞かされた上での参加です。幽鬼《ユウキ》さんのときはどんな具合だったんですか？」

「説明もなにもあったもんじゃないですよ。街中ふらふらしてたら、黒服の女の人に、いいバイトあるよって誘われて、車に案内されて、そしたら急に眠くなりまして……気がついたらここにいました」

「……ほとんど誘拐ですね」

いろんな意味で信じがたい話だった。

「不審に思わなかったんですか、それ」

「思わなくもなかったですけど。ちょうどそのとき、前のバイト辞めたところだったんですよ。職場の嫌味《いやみ》な人……つぼ、ツボ……あの、仕切りたがりなおばさんと……」

「お局《つぼね》さんですかね」

「そう。それと喧嘩《けんか》して、ちょうど無職だったんです。だからグッドタイミングだと思って」

「だからって、だめですよ。そんな怪しい話に乗っちゃあ」

「でも、お金は必要じゃないですか。雪名《セツナ》さんだって、そう思ったから参加したんでしょう？」

そう言われると、なにも言い返せない。資金難も、雪名《セツナ》がゲームに参加した理由のひとつだったからだ。

「――生気がないように見えますかね、私？」

唐突に聞かれた。「え？」と雪名《セツナ》は聞き返す。

「なんか、その黒服の人に言われたんですよね。ぴったりな人材だって。生きるも死ぬもどうでもよさそうな、そんなあなたにこそゲームの世界はふさわしい……。みたいな誘われ方されました」

「へえ……」

「そういうふうに見えますか、私？　あんまり意識してないんですが」

雪名《セツナ》は、改めて幽鬼《ユウキ》を見る。確かに、状況にそぐわないこの能天気さ、人としてどこか壊れているようにも見える。

「そうかもしれません」と曖昧な答え方をした。

「ですかねえ……。雪名《セツナ》さんもそうなんです？　生気がないようには、あんまり見えませんけど」

「…………」

雪名《セツナ》は、少し黙った。

いい表現だな、と思ったのだ。〈生気がない〉。今の自分の状態を表すのに、とても適した言葉だ。

「……そうですね。私も、そうです」と答える。

「生気がない、と言うべきなんでしょう。生きていくことが、自分の中で当たり前ではなくなってしまった。だから、このゲームに参加したんです」

きっかけは、社会から距離を置いたことだ。

たった今、雪名《セツナ》の前方でも行われているみたいに――世の中というものは、いつでもどこでも誰かしらが争っている。それが嫌になって、人間社会から離れた。

部屋の中でひとり人生について考えているうちに、なんというのだろう、心のモードが変わってしまった。それまでは確かにあったはずの当然が、どこかに吹き飛んだ。積極的に死にたいと思っているわけではなかったが、生《せい》がデフォルトでもない。ほかと並列の選択肢に降格してしまった。

そんな折、エージェントに会い、ゲームに招待された。命の保証のない本物の殺人ゲーム。今の自分が行くにふさわしい場所だと思った。収入源のなかった雪名《セツナ》にとって、クリア報酬の賞金は魅力的だったし――失敗したならしたで、それも望むところであった。

自分の究極の運命を、雪名《セツナ》は、このゲームに委《ゆだ》ねたのだ。

「ふーん……」

と幽鬼《ユウキ》は感想を言う。

「なんか、よくわかりませんね」

そのほうがいい、と雪名《セツナ》は思った。

（8／25）

幽鬼《ユウキ》と雪名《セツナ》が話をしているうちに、渋滞は解消した。なにかしらのけりがついたようだ。網から滑り落ちてしまうこともなく、タイムオーバーで足場ごと落下することもなく、二人は鉄条網のアスレチックを突破した。

足場から続いていた道を行くと、第三のアスレチック――ジップラインが現れた。高所から低所に向かって張られたワイヤーの上を、滑車にぶら下がりながら滑っていくものだ。それが五十本――プレイヤーの初期人数に合わせたものだろう――設置されていた。一見すると危険はなさそうだったものの、その意味をすぐにプレイヤーたちは見抜いた。

つまり、これは、くじ引きなのだ。滑っている途中でワイヤーが切れるとか、あるいは滑車が壊れるなどして、使用者を奈落に叩《たた》き落とすハズレがいくつか仕込んであるのだろう。どれがそれなのかについてもプレイヤーたちは見抜こうとしたが、叶《かな》わず。どのジップラインも傍目《はため》には同じに見えた。純粋に運任せのゲームらしい。そのうちに足場のタイムリミットが迫ってきたので、各々、指運に任せてジップラインを選び、空中に躍り出た。案の定、何名かのプレイヤーがワイヤーを断たれ、落ちた。その中に幽鬼《ユウキ》と雪名《セツナ》は含まれていなかった。

第四のアスレチックは、トランポリンだった。足場と足場の間に巨大なトランポリンがいくつか設置してあるので、うまく跳ねていって向こう岸を目指すという課題である。幽鬼《ユウキ》はわりとあっさり突破したのだが、雪名《セツナ》はあっちに行ったりこっちに行ったり、だいぶ苦労しているようだった。続く第五のアスレチックは平均台で、第六は崖登り。第七アスレチック——流れるプールはこれまででいちばんの難所だった。足場の間に激流のプールが置かれているのだが、その端から水が流れ出るようになっている。つまり、流れに負けて流されていくと、プールの外に放り出されてしまうという設計だ。水を吸って重くなった体操服を引き摺《ひず》りながら、幽鬼《ユウキ》はなんとか泳ぎ切ることができた。ぜーはーと息をつき、同じように休憩しているほかのプレイヤーたちを見ると、半分ぐらいは体操服を脱いでいた。脱いでいいのかよ、と幽鬼《ユウキ》は思う。自分もそうすればよかった——。

プールを攻略した時点で、プレイヤーの総数が二十五人となった。雪名《セツナ》から聞いたところによると最初は五十人ほどいたらしいので、半減した計算である。残り二十五人――その彼女たちにしても、しだいにまいってきているみたいだ。連続する過酷な試練に、肉体は無事でも精神のほうがやられてしまっている。見るからに表情が陰鬱なものになっていた。嫌な暗さだ、と幽鬼《ユウキ》は思った。なにか一山あるかもしれないな、と直感した。

次のアスレチックで、それは起こった。

（9／25）

第八アスレチック――吊《つ》り橋。

足場の間に、三本の吊り橋が張られていた。以前の鉄条網と似たような設定だったが、しかし、あのときとは違い、三本の吊り橋は三本とも・お・ん・ぼ・ろだった。百パーセント植物原料の原始的な吊り橋なのだが、橋板は隙間だらけでところどころ腐食していたし、蔓《つる》を編んで作られた手すりはほつれにほつれていたし、両側から本体を支える蔓はいかにも頼りない。今このときも、そよ風を受けただけで、がたがたと不安な音を立てている。

これまでのアスレチックで十分に訓練されていたプレイヤーたちは、趣旨を理解する。

このおんぼろな橋を、落下させてしまわないよう気をつけながら渡れ、ということだろう。三本の橋は、言うなれば残機だ。すべて落ちたら向こう岸に行く術《すべ》はなくなり、その時点で橋を渡れていないプレイヤーはゲームオーバーとなる。丸太渡りや激流のプールのようなわかりやすい派手さはないが、最悪の場合全滅も考えられるアスレチックだ。

プレイヤーたちは話し合う。基本方針として、一人ずつ橋を渡っていくことに満場一致で決まった。一人分の体重ですら支えられるか怪しいのだから、至極真っ当な結論だ。近くにあった木の枝を利用して、くじを作り、順番を決めた。一番目は、静久《シズク》の妹、花奏《カナデ》となった。

しかし――。

「……っ!!」

彼女は、猛烈に首を横に振った。

姉たる静久《シズク》に、ひっしりと抱きついた。

「……すいません。この子が落ち着くまで、順番を遅らせてもらえますか」

妹の頭を撫《な》でつつ、静久《シズク》は言う。

「遅らせる分には問題ないでしょう？　順番が早いほうが、橋に負担がかかってない状態でチャレンジできるわけですから……。どうかお願いします」

全員がその要求に納得したわけではなかったが、理屈は通っていたので、認められた。

　たぶん、鉄条網のときにもこういうことがあったのだろうと幽鬼《ユウキ》は想像する。最初に丸太渡りをクリアしたらしい静久《シズク》と花奏《カナデ》の姉妹だが、こんなふうに花奏《カナデ》が怖がり、しばらく二の足を踏んだせいで、出発が遅れていたのだ。

　花奏《カナデ》のことを除けば差し障りなく順番が決まり、プレイヤーたちは吊《つ》り橋に挑んだ。三本のうちどの橋を使用するのか、渡るプレイヤーが自ら決めて、一人、また一人と進んでいく。

　一本目の橋が落ちたのは、五人目が渡っている最中のことだった。

　早すぎる。ざわついた。このペースではまずい――とプレイヤーたちは思ったのだが、しかし、そうした心理を弄ぶかのように、二本目の橋はなかなか崩落しなかった。おそらく、一本目の橋だけが丈夫でない造りだったのだろう。とはいえ二本目の橋も十八人目で落下。いよいよ後がなくなったところで、十九人目に気を落ちつかせた花奏《カナデ》が渡る運びとなった。

　一時の恐慌状態からは持ち直していたものの、今なお、こわごわとした様子で、彼女は吊り橋を進んでいく。その挑戦の模様を、残る六人のプレイヤーたちは――その中には幽鬼《ユウキ》もいる――じっと見守った。三本目が落ちたらゲームオーバーとなってしまう立場なので、そうなるのも無理からぬこと。その観察ぶりがなにか貢献したわけでもなかろうが、花奏《カナデ》は震える足でゆっくりと着実に進み、橋にかかる負担が最大になる――ひいては危険度も最大になる、橋の中央にたどり着いた。

そこで、風が吹いた。

かなり強い。幽鬼《ユウキ》たちのいる足場からも感じられるぐらいの強風だ。当たり前のように橋全体が大きく揺れ、支えの蔓《つる》がぶちぶちと嫌な音を立てた。よもや――と幽鬼《ユウキ》は思うが、そうはならず。三本目の橋は無事生きながらえ、手すりに強くつかまっていた花奏《カナデ》も振り落とされずに済んだ。

だが、彼女が再び歩み出すことはなかった。

力なく、その場に座り込んでしまった。彼女の表情は幽鬼《ユウキ》のいるところからでは見えなかったが、間違いなく、心の底から恐怖している。

おそらく、そのとき、プレイヤーの全員が同じことを思っていた。まだ橋を渡っていない六人はもちろん、すでに渡り切った者たちも、彼女の次に言うであろう言葉がかなりの確信度で予想できていて、言うなよ、言ってくれるなそれだけは、と願っていた。

その願いはあっさりと裏切られる。

「もう、だめ……」

小さく、しかし確かに花奏《カナデ》は言った。

「いやだ。もう、歩けない」

その言葉が、字面通りの意味だったのかはわからない。本当に腰が抜けていたのかもしれないし、怖くて進みたくないという意味で言ったのかもしれなかった。いずれにせよ、外部から見てその意味は同じだ。残り一本の吊《つ》り橋で、立ち往生するプレイヤーが出た。ゲームの進行が完全に滞ったということを、それは意味する。

「いい加減にしろよ……」

うんざりとしたように、足場に残る誰かがつぶやいた。〈いい加減に〉――複数回の迷惑があったというニュアンスから考えるに、鉄条網のとき花奏《カナデ》と口論していた人だろうか。だとすれば声を聞いているはずだが、幽鬼《ユウキ》はあまりよく覚えていない。

「花奏《カナデ》」

向こうの足場から、花奏《カナデ》に声がかかった。静久《シズク》だ。

「歩けなくなったの？」

こくこくと花奏《カナデ》は頷《うなず》く。

「だったら、這《は》って進めない？　別に、歩いて行かないといけないわけじゃないよ。這って進んでも、橋にかかる体重は変わらないから……」

物理的な意味で歩けないものと解釈したようで、そのような説得を静久《シズク》は試みる。

だがしかし花奏《カナデ》は首を振った。橋板に両手をついたまま、じっと動かない。

「さっさとしてもらえませんかねえ！」

やがて、幽鬼《ユウキ》側の足場からも声があがった。さっきつぶやいたのと同じ人だ。

「時間ないんですよ、こっちは！」

そう言いながら、足場の床についていたタイマーをそのプレイヤーは指差した。確かに時間がなかった。ひとつの橋につき一人ずつ、しかも慎重に渡らないといけなかったゆえ、時間を食い、タイムリミットが迫っていたのだ。

「一人で死ぬんは勝手ですけど、こっちまで巻き込まんでもらえますか！」

「そういう言い方やめてください！　花奏《カナデ》が怖がってるでしょう？」

静久《シズク》がとがめた。そのプレイヤーは舌打ちをし、「安全地から物言いよって……」と毒づくものの、怒鳴っても事態がよくならないとは思ったのだろう、黙った。

「お願い——花奏《カナデ》」

怖がらせないように配慮しつつも、しっかりと強度を持たせた、そんな絶妙な声色で静《シズ》久《ク》は頼む。

それでもなお、花奏《カナデ》は首を振っていた。

そうこうしているうちに、足場のタイマーが二十分を切った。残り六人が橋を渡るのには——花奏《カナデ》を含めれば七人が渡るには——かなりぎりぎりな時間だ。

「…………」

だめだな、と幽鬼《ユウキ》は思った。

このままでは終わる。どんな言葉をかけたとて、花奏《カナデ》はてこでも動かないだろう。ここにいる六人、彼女に巻き込まれて死ぬ――。言葉ではだめだ。それ以上の手段を用いなければならない。

そして、それができるのは、おそらく自分をおいてほかにはない。感じ悪く声を張り上げているあの人にしたって、それ以上の介入をする勇気はなさそうだ。私がやる。それしかない。一《いち》か八《ばち》かだが仕方あるまい。その決断を下すのに、幽鬼《ユウキ》は少しも精神力を使わなかった。それしか手がない以上、そうするのが当然だと思ったからだ。

幽鬼《ユウキ》は、前に出た。

誰かが止める間もなく――吊り橋に足を踏み入れた。

（10／25）

その一部始終を、雪名《セツナ》は見た。

足場の向こう岸から、確かに見た。十二番目というわりと早い順番を引いて手にした安全地帯の上で、しかと見た。

幽鬼《ユウキ》が――吊り橋に足を踏み入れた。幽霊のように足音を立てず、橋を揺らすこともなく、それでいて疾風怒濤《しっぷうどとう》の速さで吊り橋の上を走《はし》った。

瞬く間に中央に到着。そこに座り込んでいた花奏《カナデ》が、気配に気付いて振り向くよりも先に——

その肩を、押した。

左方向に、力を与えた。

この吊《つ》り橋に壁はない。蔓《つる》を編んで作られた頼りない手すりがあるだけだ。なにかが転がれば、その回転を止めるものはない。転がり続ければ、吊り橋から外れて落下するよりほかにない。それが当然の理屈だ。

当然の理屈として、花奏《カナデ》はそうなった。

落下の瞬間、花奏《カナデ》はぽかんとした顔をしていた。きっと、自分がなにをされたのか、よくわかってなかったのだろう。そのせいか彼女は悲鳴をあげなかった。体重数十キロの人間が落ちていくというだけの音がして、累積した運動エネルギーを無数の剣山に受け止められ、全身を穴だらけにされるという音につながった。

ものの一分もしないうちに、花奏《カナデ》は橋からどけられた。

誰も、なにも、一言の感想すらも出なかった。死に際の花奏《カナデ》の真似《まね》をするかのように、全員がぽかんとしていた。もし誰かが肩を押していたら、雪名《セツナ》もきっと、足場から転げ落ちて死んでしまっていたことだろう。

その空白に乗じて、幽鬼《ユウキ》は吊り橋を渡り切った。くじ引きの順番を完全に無視していたが、文句をつけるプレイヤーはいなかった。中央まで行ってしまった以上、進んでも戻っても橋にかかる負担が同じだということもあったし、文句をつけられる状況ではとてもないというのもあった。

「どうも」

幽鬼《ユウキ》は、雪名《セツナ》に普通に挨拶してきた。「……どうも」と雪名《セツナ》はなんとか答える。

「危ないところでしたね」

と言って、幽鬼《ユウキ》は吊り橋を振り返る。今しがた人を殺してきたというような素振りでは、なかった。まるで虫かなにか払ったみたいだ――。

「幽鬼――さん」

その瞬間――そこにいた幽鬼《ユウキ》以外の全員が、身を凍らせたに違いなかった。

静久《シズク》が、幽鬼《ユウキ》に話しかけたのだ。「はい」と幽鬼《ユウキ》は、やはり普通な態度で答えた。

「………」

静久《シズク》は、ただ黙って幽鬼《ユウキ》を見る。

どうなる、と雪名《セツナ》は思う。悪い方向にはいくらでも考えられる。最悪の場合を想定しきれない。なにがどうなってしまったとしても、不思議ではない。

しばらく続く沈黙に、「なにか？」と幽鬼《ユウキ》は言った。

特別なニュアンスは込められていなかったものの、文脈からして、その言葉には明らかな含意があった。

──あんたの妹が悪いんだろ、という含意が。

「……いえ、なにも」

結局、静久《シズク》はそうとだけ答えた。

彼女は──怒りを押し殺しているふうでもなければ、悲しみに耐えているふうでもない。それどころではなく、彼女は、ただ呆然《ぼうぜん》としていた。あの吊《つ》り橋でさっき起こったことを、絶対に取り返しのつかないその事実を、受け入れることができないでいる。そんなふうに見えた。

やがて、次のプレイヤーが橋を渡り始めた。二人分の体重が一時的にかかった三本目の吊り橋は、しかしそれでも落ちることはなく、一人、また一人と、残るプレイヤーを向こう岸に運んでいった。そのさまを、雪名《セツナ》たちクリア済みのプレイヤーは黙って見守った。

誰も、花奏《カナデ》のことについては言及しなかった。言ってはならないという不文律があるかのようだ。それが、なにか世界の本質を表しているように雪名《セツナ》には思えてならなかった。都合の悪いことは黙殺し、目を背け、なかったことにする。

雪名《セツナ》は幽鬼《ユウキ》に視線を向けた。

ああ──この人は、生きていける人なんだ、と思った。いざというときに、他人を押しのけていける人。戦って勝利できる人。それを当たり前のことと受け入れ、死んだ人間に一瞥《いちべつ》も与えないことができる人なのだ。

私なんかとは、作りからして違うのだ。

（11／25）

全員が吊り橋を渡り終えた。

一、二本目の橋の崩落で死んだ二名と花奏《カナデ》を除けば、死傷者はなかった。足場からはいつも通り、道が続いていたので、プレイヤーたちは連れ立って進んだ。誰も、幽鬼《ユウキ》の順番破りについて責めてくることはなかった。ラッキーだな、と幽鬼《ユウキ》はひそかに思う。

プレイヤーたちは、最後のアスレチックの前にたどり着いた。

最後――とわかったのは、〈ＧＯＡＬ〉と書かれた巨大なアーチが見えたからだ。ただし、その直下には扉が並んでいて、それを通らずにアーチを抜けることはできないようになっている。

プレイヤーたちは早速扉を開けようとしたのだが、鍵がかかっていた。扉は全部で十五枚あって、それぞれに番号が振られていたのだが、どれも施錠されている。さほど頑丈な造りではなさそうで、タックルしてこじ開けることもできなくはなさそうだったが、プレイヤーの一人がそれを口にした途端、アーチの柱に左右ひとつずつ取り付けられていた――不正防止のためのものだろう――いかめしい銃器が遠隔操縦でプレイヤーに狙いを定めた。撃たれてはかなわないので、体操服の娘たちはすごすごと扉から離れた。

「……この中に、鍵を持っている人は？」

誰かが聞いた。みんな揃《そろ》って首を横に振った。

「これまでのアスレチックで、鍵らしきものを見た人は？」

またもや全員、揃って首を振る。

「あの中に隠してあるんでしょうね、たぶん」

それを見ながら、幽鬼《ユウキ》は口にした。

ゴール前には広場があった。これまでの足場と同じぐらいの広さ——だいたい十五メートル四方——であり、床の一部がくり抜かれてプールになっていた。

水のプールではない。ボ・ー・ル・プ・ー・ルである。ゲームセンターの有料コーナーにあるような、色とりどりのボールでいっぱいのプールだ。幽鬼《ユウキ》が人生で見たどのボールプールよりもそれは広く、ここにいる二十二人が全員浸《つ》かっても、あまりある大きさがある。

ゴール前に置かれているということは、そういうことだろう。あそこに鍵は隠されている。単に床に貼り付けてあるのかもしれないし、あるいは、何千何万とあるボールのどれかにしまわれているのかもしれない。だとすれば、すべて調べるのは大変な作業だ。

しかも——プールの淵《ふち》には、タイマーがついていた。その表示は〈46：02〉。これまでと同じく、ここの足場にも時間制限がある。その中で鍵を見つけ出さないといけない。

「待ってください」と誰かが言う。「でも、扉は十五枚しかないんですよね。それってつまり……」

そのものずばり、十五人しか助からないものと見ていいだろう。ひとつの扉に二人、三人と入れるとは考えにくい。もともと十五人しか助からない設定だったのか、それとも、もっと大人数で来ていたら、扉の数も多めに設定されていたのか。それはわからない。

「恨みっこなしでいきますか」

誰かが言った。〈いい加減にしろよ〉とさっき毒づいていた人だ。

「犠牲が避けられない以上、誰がババを引くことになっても恨みっこなしで」

「それってどういう意味ですか？」幽鬼《ユウキ》は間髪入れずに聞いた。「誰かが発見した鍵を無理矢理《むりやり》奪って、脱出するのもありってことですか？」

「……解釈は各々に任せますよ」

どちらともつかない答えだった。「みなさん、準備はいいですか？」とそのプレイヤーは問いかけた。誰からもストップがかからなかったのを確認して、彼女は両手を打ち鳴らす。「では……スタート！」

（12／25）

プレイヤーたちは、ボールプールに繰り出した。

幽鬼《ユウキ》も雪名《セツナ》も、呆然《ぼうぜん》としていた静久《シズク》も――ゆっくりとした足取りではあったものの――プールに歩を進めて、それに浸《つ》かった。

浸かってすぐ、プールの深さが幽鬼《ユウキ》の腰ぐらいあるとわかった。思ったより深い。となれば、ボールの個数も見立てより多くなるわけで、これはますます大変だと思いながら、幽鬼《ユウキ》はカラフルなボールのひとつを手に取って観察した。もしも鍵がボールの中に隠されているのだとすれば、仕掛けがあるはずだと思ったからだ。

予想的中、ボールの中央に一本線が引かれていた。

ガチャポンのカプセルみたいに、開くのだ。ボールの両側に力を与えて、幽鬼《ユウキ》はそれを開き、中を見た。――なにも入っていなかったので、プールの外に投げ捨てた。

二個目のボールを開けようとするかたわら、幽鬼《ユウキ》は両目を動かし、ほかのプレイヤーたちを見た。幽鬼《ユウキ》と同じくボールを調べている者が大半だった。開けて中身を確かめている者もいれば、振って確認している者もいる。そうか――と幽鬼《ユウキ》は思った。鍵が抜き身で入っているのだとすれば、振るだけでも中身の有無は確かめられるのだ。ボールの内壁に固定されているというケースも考えられるので、そうだった場合は鍵を見逃してしまうリスクもあるが、確認に要する時間はそちらのほうが短くなる。

どっちの方式でいこうか――と幽鬼《ユウキ》は考えた末、折衷案を取ることに決めた。まず片手に空のボールを持ち、もう片手に調べたいボールを持って、重さを比べる。それから振って音を聞き、鍵の気配を感じられたなら開けて確認する。そう思えなければ捨てて、次に行く。鍵入りのボールを捨ててしまうリスクを減らしつつ、時間もあまりかからない。現実的にはこれが最善だろうと判断して、幽鬼《ユウキ》はすばやくボールをさばいていく。

その作業を続けること数分、

「——あっ」

（13／25）

これこそが、いちばん決定的な要素だ。

幽鬼《ユウキ》の数奇なゲーム体験を生むことになった、最大の要因。このミラクルがなければ、いかに鈍感だったころの幽鬼《ユウキ》といえども、気づかないわけにはいかなかったろう。いろんな意味で持っているというか——ある意味では幸せというか——勝負の神様なるものが、幽鬼《ユウキ》をゲームの世界に歓迎するためにそうしたのではないかと思われるほど、特異な出来事だった。

とにもかくにも。

幽鬼《ユウキ》は、開始数分で、あっさりと鍵を見つけた。

（14／25）


「——あっ」

という呟《つぶや》きを、雪名《セツナ》は聞いた。

声のほうを見ると、幽鬼《ユウキ》がいた。

彼女は——鍵を持っていた。サイズも形も一般的な、ごくありふれた見た目の鍵だ。キーホルダーなどはついていない。ぎざぎざとした鍵山のほうを幽鬼《ユウキ》は持っていたので、鍵の頭に〈6〉と書かれているのが雪名《セツナ》にも見えた。対応する扉の番号だろう。

まさか、もう見つけたのか——そう思っているのは雪名《セツナ》だけではないようだった。発見者の幽鬼《ユウキ》自身、ぽかんとしたようにそれを見つめていたし、周囲のプレイヤーも同じようにしていた。

集中する視線をかわすかのように幽鬼《ユウキ》は身を小さくして、「……お先に失礼します」と頭を下げ、プールを出て行った。

「……待った、待った待った幽鬼《ユウキ》さん！」

聞いておかねばと思い、雪名《セツナ》は言う。

「行く前に教えてください！　鍵はどこに、どういう状態であったんですか？」

「え？　ああ……」幽鬼《ユウキ》は答える。「ええと、緑色のボールの中でした。固定はされてなくて、振ったら音がしたのですぐわかりました」

この情報はでかいぞ、と雪名《セツナ》は思う。すべての鍵が緑色のボールに入っているとはいえないかもしれないが――鍵がボールに入っていること、そのままの状態で入っていることは、おそらく確定だろう。ボールを開けて調べる必要はもはやなくなる。

幽鬼《ユウキ》は扉に向かった。

そのとき、ほかのプレイヤーが二人、三人と続いた。先ほど幽鬼《ユウキ》が言及したように、鍵を奪おうとしている――わけではないようだ。気配を察した幽鬼《ユウキ》が振り向き、「なにか？」と聞いただけで、全員が曖昧な笑顔とともに後ずさりした。プールにはまだ十四本の鍵が残っているのだし、相手が吊《つ》り橋であんなことをしでかしたあの幽鬼《ユウキ》なのだから、乱暴をはたらこうという者は現れなかったようだ。

ただ、幽鬼《ユウキ》に相乗りできまいかとは考えているようで、彼女が〈6〉番の扉に鍵を差し込み、それを開けたところで、後に続こうとするプレイヤーが一人いた。

そこに、乾いた発砲音が乱入した。

アーチに取り付けられていた銃器のひとつが、火を放った。そのプレイヤーの頭部の後ろ半分が粉々にぶっ壊れて、姿勢を支えられずその場に倒れた。射撃した――というよりも、銃弾で打ちつけたとでも表現すべきであるような、乱暴な破壊だった。

溢《あふ》れた血液が、空気に触れたそばから白いもこもこに変化した。──〈防腐処理〉だ。プレイヤーは事前に肉体改造を受けていて、飛び出した血液はすぐに固まる。その名前と説明を雪名《セツナ》はエージェントから聞いていたし、これまでのアスレチックで、剣山に貫かれたプレイヤーがそうなるのも見てきた。だが、間近で見かけるのは、これが初めてだった。

無警告の発砲である。さっき扉を調べているときには、標的を定めるという形での警告があったというのに──。違反の意思が明確になるほど、厳しい処置となるらしい。幽鬼《ユウキ》にあわよくば相乗りしようとしていた残りのプレイヤーたちは、慌てて退散した。当の本人である幽鬼《ユウキ》は──一瞬だけ倒れたプレイヤーに目をくれたものの、すぐに直り、アーチの向こう側へと走っていった。

扉は自動的に閉まった。ドアノブに鍵が差しっぱなしになっていたので、それを再び──銃器の様子をうかがいながら──開けようとするプレイヤーがいた。しかし、開かない。一度閉まった扉は開けられないと見ていいようだ。鍵を抜くこともどうやらできない様子。プレイヤーたちは諦めて、そしてプールに戻ってきた。

要するに、ズルはできないらしい。雪名《セツナ》は鍵を探しに戻る。ボールを振っては投げ、振っては投げ、飽き飽きすることこの上ない単調な動作を繰り返す。あまりに単調なので、意識しないうちに足が動いていた。ボールプールの中を、自分の尾を追う犬のようにぐるぐると歩き回る。

その作業を続けること数分、雪名《セツナ》は、異物の感触を覚えた。

ボールから、ではない。足元からだ。足になにか当たった。感触に気づけるぐらいのサイズなのだから鍵ではなさそうだったが、しかし雪名《セツナ》はそれを拾い、正体を確認した。

ホルスターに収められたナイフだった。

「……っ⁉」

雪名《セツナ》は、仰天した。

とっさに、それをプールに沈めた。

そして、周囲をうかがった。プレイヤーたちはボール探しに集中していて、ナイフを見た者は誰もいなかった――と思う。

どういうことだ？　雪名《セツナ》の頭が混乱で満ちる。なんでナイフがプールの中に？　不用心なプレイヤーを傷つけるためのトラップ――ではなかろう。それなら抜き身で入れておくはずだ。ホルスターの存在は、これを装備せよということを示している。なんのために？

明らかだ。プレイヤーが二十二人で、鍵は十五本。需要に供給が追いついていない以上、奪い合いは絶対に避けられないわけで――

そのための道具、ということ。

雪名《セツナ》は、もう一度周囲をうかがった。

体操服姿のプレイヤーたち――彼女らが持っているのは、ボールだけだ。ナイフはない。

そのほかの武器もない。プールに沈められた武器はこれひとつだけなのか、それとも雪名《セツナ》が第一発見者だったのか、あるいはみんなすでに発見しているものの——そこまで含めて、〈恨みっこなし〉ということなのか。

「………」

雪名《セツナ》はひそかに、プールの中で右脚をあげた。

ホルスターに脚を通して、ナイフを装備した。

「あった！」

ちょうどそのタイミングで誰かが言ったものだから、雪名《セツナ》はどきりとした。

見ると、プレイヤーの一人が、鍵を持っていた。ざぶざぶとプールを移動している。

右脚のナイフが熱くなったように雪名《セツナ》には感じられた。追うか——という考えが頭をよぎったが、すぐに通り過ぎていった。無理だ。あの人にナイフを突きつけて——あるいはそれ以上のこともして鍵を奪うなんて、雪名《セツナ》にはとても考えられない。

しかし、ほかの娘にとってはそうでもないようだった。

プールを出て扉に向かうそのプレイヤーに、迫る影があった。

別のプレイヤーだ。その手には鍵ではなく、大きめのバリカンのような道具が握られている。〈それ〉を実際に見るのは初めてだったものの、雪名《セツナ》はすぐに正体を見抜いた。

・・・スタンガンだ。

やはり、プールにはほかにも武器が隠されていたのだ――雪名《セツナ》がそう思ったのが早いか遅いか、略奪者は相手の背中にスタンガンをあてがって一発。鍵を奪い取る。さらなる漁夫の利を狙おうとするプレイヤーは現れず、略奪者は扉を開けてゴールした。

あわれ鍵を奪われてしまったプレイヤー――広場に転がり悶《もだ》え苦しんでいる――は、スタンガンの効果が終了したところで起き上がった。今度は彼女が、略奪者としての道を歩んだ。鍵を発見したプレイヤーがまたもや現れたので、それが扉に向かおうとするのに彼女は立ち塞がった。ただし、彼女は武器を持っておらず、相手ともみ合いの状態になる。お互いにお互いの髪をつかみ、顔面をひっかき、罵り合い殴り合い蹴り合いした。

そのバイオレンスなさまを見ていられなくなり、雪名《セツナ》は顔を背けてプールに目を向けた。自分にあれは無理だ。自力で鍵を見つけるしかない――そう思って、ますます鍵探しに没頭する。

だが、見つからない。そんな雪名《セツナ》をよそにタイマーは時を刻み、二十分を切り、十五分を切った。一人、また一人とプレイヤーは鍵を見つけ、そのたびに醜い奪い合いが行われる。そうした争いに一切参加することなく、雪名《セツナ》は鍵を探し続けた。

鍵入りのボールを見つけたのは、残り十分を切ったころのことだった。

振るまでもなく、すぐにわかった。

（15／25）


プールからあげた時点で、わずかに音が聞こえたし、少し重かったからだ。

雪名《セツナ》は、逸《はや》る気持ちを抑えた。落ち着け。落ち着け。落ち着け。落ち着け。大事なのはここからだ。鍵を見つける。それはミッションの前半に過ぎない。今からもう半分が待っているのだ——前半よりも、はるかに危険で困難なやつが。

プール全体にざっと目を走らせた。ほかのプレイヤーたちが、まだ、十人ほど残っている。雪名《セツナ》が鍵を見つけたと知れたら、この全員が敵になる。そうなってはいけない。プールを出ればさすがに事は露見してしまうだろうが——せめてそれまでは、ぎりぎりのタイミングまでは、発覚を遅らせたい。

雪名《セツナ》は、ボールをプールに沈めた。

その中で、開いた。

手触りで、鍵があるのを確かめた。ボールをかき分けて一瞬だけ実体を見る。〈8〉番の鍵だということを確認して、雪名《セツナ》はそれを体操服の下に隠した。

そして——鍵を探しているふりを続けた。ボールを持ち、振って、捨てる。そのかたわら、プールの中を、足癖で歩き回っているふりをしつつ、徐々に端へと体を寄せていく。

十分に近づいたところで、雪名《セツナ》は扉前の広場をうかがった。誰も待ち伏せていない。プールに残るプレイヤーたちのほうもうかがった。誰も、雪名《セツナ》の企《たくら》みに気づいている様子はない。

いける、と確信した。

雪名《セツナ》は、覚悟を決めた。

ボールを捨てたのと同時に、雪名《セツナ》は走り出した。プールを出て、広場を疾走し、それとともに体操服から鍵を取り出す。あと数秒ののち、こいつを〈8〉番の扉に差し込み、開き、そしてゴールに到達する。その未来をしっかりと頭に思い描けた。

手ぬかりは一切なかった。

完璧に演じ切った。

そう、自負していたのだが。

（16／25）

どうしてこんなことになったのだろう。

静久《シズク》は、ずっと考えていた。

つい昨日まで、私の世界は平和そのものだったのに。ちょっと抜けたところのある妹と、〈静久《シズク》は私に似たわね〉とたびたび口にする利発な母親と、〈じゃあ花奏《カナデ》は俺似だな〉とたびたび応じるちょっとアホな父親と、四人の楽しい暮らしがずっと続くはずだったのに。どうしてこうなった？　誰が悪い？　なにが悪い？　静久《シズク》は考えていて、けれども答えは出なかった。

そんなとき、ボールプールの中に武器を見つけた。

拳銃である。案外おもちゃみたいに軽かったそれが、道を示してくれたような気がした。私は、これを使うべきなのだ。しかし間が悪い。静久《シズク》がこれを見つけた時点で、いちばん使いたい相手はすでにゴールしてしまっていた。では、どうすべきだろう？　私は誰にす・る・べきなのだろう？　静久《シズク》の心は責任の所在を求めた。

そして、とある会話に行き当たった。

――幽鬼《ユウキ》さん、足場が落ち始めたあともまだ寝てたものですから……。

――私が起・こ・し・て・あ・げ・て、そのまま同行したんです。

その発言者に、静久《シズク》の視線が向かった。

雪名《セツナ》だ。

そうだ。あいつが幽鬼《ユウキ》を起こさなければ、こんなことにはならなかった。幽鬼《ユウキ》同様、彼女も正犯とすべきだ。このゲームが終わったら幽鬼《ユウキ》を探し出して殺すことはもちろん、彼女もここで始末しておくべきだ。それをもって私の平和は回復されるのだ。

そういうことで、静久《シズク》の心は再構成を終えた。

それからというものの、静久《シズク》は雪名《セツナ》の挙動をつぶさに観察した。やがて、彼女が鍵を見つけたらしい様子を見せたので、以降は逆に素知らぬふりをして彼女の警戒網を逃れた。ほかのプレイヤーたちを欺くためだろう——雪名《セツナ》はしばらく鍵を探すふりをしたあと、プールの外に走り出した。

静久《シズク》はすぐさま銃を向けて、続けざまに撃った。

三発目が、彼女の右脚を撃ち抜いた。

（17／25）

「……!!」

雪名《セツナ》は、声にならない声をあげた。

たちまち体のバランスを保つことができなくなって、転んだ。ずきり、ずきりと、転んだのとはまた別口の痛みが連続して襲ってきた。雪名《セツナ》は全身を探り、その根源を見つけ出した。

右脚から、白いもこもこが溢《あふ》れ出していた。

〈防腐処理〉のおかげで出血は止まっていたが、痛い。焼けつくような痛みだ――このフレーズの妙味をまさしく雪名《セツナ》は肌で感じる。傷口は指一本が入るかどうかの小さなもので、銃弾による傷だろう、と直感できた。

撃たれたのだ。

誰に？　雪名《セツナ》の視線は、自然とプールのほうを向いた。

そして――拳銃を構えた静久《シズク》が、上がってくるのを見た。

「……こんなことは、おかしい」

静久《シズク》はつぶやいた。

「本来なら、こんなところに来るはずじゃなかった。私たちは無事に帰れて当然だ。そうじゃなきゃ、いけなかった」

その声の響きは、花奏《カナデ》に似ていた。姉妹だから――というだけの理由ではないだろう。同じ精神状態だから、精神的にやつれてしまっているから、似たように聞こえるのだ。

静久《シズク》は、銃口を雪名《セツナ》から離し、後方のプールにいたプレイヤーたちに向けた。邪魔が入らないようにその気勢をくじいてから、雪名《セツナ》と、プールと、交互に銃を向けつつ静久《シズク》は歩き、両方にいつでも対応できる位置にまで移動した。

「鍵を見つけたんですね、雪名《セツナ》さん」

静久《シズク》は言って、鍵に目を向けた。撃たれた際に落としてしまい、雪名《セツナ》のすぐそばに転がっていた。

「いただきましょうか。その、命ごと」

そう言って、拳銃のトリガーに指をかけた。

その銃口を見ていると、右脚のずきずきとした痛みが雪名《セツナ》の意識にのぼってきた。すでに不可視のレーザーがひそやかに照射されていて、攻撃されているような錯覚すら、雪名《セツナ》は感じた。

雪名《セツナ》は右脚のナイフを見た。こちらも武器を持ってはいる――けれども、だめだ。こんなの一応装備しているだけで、扱い方も知らなければ扱う覚悟もない。ないから鍵を探したのだ。それに――脚に傷を負っているし、相手は銃だ。どうやって勝つというのだ？まるで道筋が見えない。

その事実を、静久《シズク》の言葉が補強した。そうだ。彼女はゲームに巻き込まれた立場。すすんで参加した私と、どちらが生きるにふさわしい？　考えるまでもないことだ。だいたい、介錯《かいしゃく》をしてほしくてゲームに参加したんだろう？　争いばかりの浮世にこりごりだったんだろう？　願ったり叶《かな》ったりじゃないか。ここで彼女に殺してもらえよ。

雪名《セツナ》は、目を閉じた。

泣きそうな顔で、神様に祈ろうとした。

しかし、そのとき。

幽霊の手が、雪名《セツナ》の首筋を撫《な》でた。

（18／25）

確かに見た。その姿を。

幽鬼のようなプレイヤー――幽鬼《ユウキ》。風を切り、髪をなびかせ、吊《つ》り橋を疾走する彼女の姿を、イメージの世界において雪名《セツナ》は見た。

だが、その中で、幽鬼《ユウキ》が突き落としたのは花奏《カナデ》ではなかった。――雪名だ。吊り橋にいたのはなぜか自分であり、その体を、在りし時と同じように幽鬼《ユウキ》は突き飛ばした。

橋から転落する雪名《セツナ》。それを見下ろす幽鬼《ユウキ》。

瞬間、あのときの気持ちがまざまざと蘇《よみがえ》ってきた。ためらわず邪魔者を払《はら》い除《の》けた彼女――その姿を見せつけられて、自分とは違う、と思った。世の中をうまく渡っていけるのはこういう人なのだ、と僻《ひが》みのようなことも思った。そして――

自分もこうなれたらと、確かに思った。

ああ——そうだ。あの姿。あの振る舞い！　なにもかもを薙《な》ぎ払《はら》い、焦土に一人立つあの姿。ぐちゃぐちゃとややこしいことなど考えたりしない、純真無垢《じゅんしんむく》な姿。あんなふうに、私だって、完全無欠に振る舞ってみたい。

想像の世界の中で、雪名《セツナ》は彼女に手を伸ばした。

現実の世界でも、足が前に出た。

（19／25）

気づいたら、走り出していた。

目を開け、立ち上がり、静久《シズク》目掛けて遮二無二突っ込んだ。

だが、愚かだ。銃を持つ相手に真正面から走っていくなど愚策の極みだし、そもそも走れなかった。走り出してからわずか二歩目——撃たれていて力が入らない右脚に体重がかかった時点で、がくん、と雪名《セツナ》は崩れ落ちた。体が斜めに傾き、転び、広場をごろごろと転がった。

その最中《さなか》、雪名《セツナ》は銃声を聞いた。

撃ってきた。体に走る痛みを雪名《セツナ》は覚悟するが――特になにもなかった。外れたのだ。二発、三発とさらなる銃声を聞くが、これも当たらない。雪名《セツナ》が転がっているから？　動いているから当てにくいのか？　そういえば――最初のときも、三発目でようやく命中したことを思い出す。そうだ。よく言うじゃないか。素人が銃を持ってもまともに扱えないって。相手が銃だから？　怪我《けが》をしているから？　それがどうした。素人同士の戦いだ。いくらでも紛《まぐ》れがあるじゃないか！

地面に手をついて、雪名《セツナ》は起き上がった。

前回の反省を活《い》かして、両手と左脚で犬のように走った。転がったおかげで、静久《シズク》との距離はすでにかなり縮まっていた。直線距離で十メートルもない。迫る雪名《セツナ》に、静久《シズク》は拳銃を向けた。だがすぐには発砲しない。慎重に狙いをつける方針におそらくは切り替えたのだろうが、しかし、彼女が照準を合わせ切るよりも先に、雪名《セツナ》は十分な距離にまで接近して、跳んだ。

空中で、ホルスターからナイフを引き抜いた。

宙にいた雪名《セツナ》に合わせて、静久《シズク》は狙いを定め直した。それにより上半身が少し後ろに傾いたので、その体に膝を当てるようにして雪名《セツナ》は着地した。体が接触――すなわちゼロ距離。やるもやられるも、自由自在な至近距離だ。

雪名《セツナ》は、静久《シズク》の首にナイフを突き立てた。

静久《シズク》は、雪名《セツナ》の額に拳銃を突きつけた。

雪名《セツナ》は、頭を横に振った。拳銃の射線から逃れようとした——のだが、しかしこれまでのような幸運は、さすがにこの距離では通用しなかった。

「……！！！！！」

焼けた鉄板を顔面に押し付けられたような痛みと熱さを、雪名《セツナ》は食らった。

たぶん、銃弾が、頭蓋骨を滑るように抜けていったのだ。血のせいか涙のせいか、視界の右半分がぼやけた。脳は傷ついていないだろうか？　この怪我は死に至るものだろうか？　わからない。

だが、当面のところ手は動いた。意志もなくさなかった。静久《シズク》の首に突き立てたナイフを、雪名《セツナ》はますます奥深くに侵入させた。これ以上深くにはもう刺せないとなったころ、静久《シズク》は仰向《あおむ》けに倒れた。体勢の関係上、自然と雪名《セツナ》が馬乗りになる格好となった。雪名《セツナ》はナイフを抜いて、胸のゼッケンの〈静〉と〈久〉の間に二撃目を放った。頭を、腹を、腕を脚を、ありとあらゆる部位を滅多《めった》刺しにしてやった。

「——死ね」

気づけば、雪名《セツナ》は口にしていた。

「お前が死ね！　私を傷つけるやつはみんな死ね!!」

休むことなく攻撃を続けた。まるで疲れを感じなかった。きっと、興奮しすぎていたせいだ。静久《シズク》が抵抗しなくなっても、明らかに死んでいるとわかる状態になっても、雪名《セツナ》はナイフを振り下ろすのをやめなかった。少しでも勢いを緩めたら、一分前までの自分に逆戻りしてしまうと思ったからだ。

そのうちに広場に一陣の風が吹いて、雪名《セツナ》の右顔面の怪我《けが》を撫《な》でた。ずきりという鋭い痛みが、正気に引き戻してくれた。

そして、状況を思い出した。プールのほうを見る。残るプレイヤーたちは、みな唖然《あぜん》としている。雪名《セツナ》と静久《シズク》の苛烈な戦いぶりを示しているといえた。襲ってくる気配はなさそうだったが、それでも雪名《セツナ》は静久《シズク》の手から拳銃を奪い、念のため威嚇しておく。

鍵はどこだ、と探す。辺りを見渡すが、どこにもない。もしかして誰かが拾った？　と思ったそのとき、自分の服からちゃりんと音を立てて鍵が落ちるのを聞いた。無意識のうちに体操服に突っ込んでいたらしい。

雪名《セツナ》は鍵を拾った。床を這《は》いずって扉に向かい、〈8〉番の扉をくぐった。

（20／25）

扉の先には、広い道が続いていた。

ただ広いだけの道だ。なにもない。アスレチックも、剣山も、タイマーも。後ろを見ると、たった今通った〈8〉番の扉が自動で閉まるところだった。アーチに書かれた〈GOAL〉の文字が、こっち側では鏡文字になっている。ゴールしたのだという実感が、雪名《セツナ》の中にふつふつと湧き起こった。

「わ。その顔どうしたんですか……？」

と言われて、雪名《セツナ》は驚いた。

横を見ると、幽鬼《ユウキ》がいた。ゴールのすぐそばで、アーチにもたれるようにして座っている。雪名《セツナ》を待っていたらしい。

「雪名《セツナ》さん……ですよね？　たぶん」

幽鬼《ユウキ》は怪訝《けげん》そうに言った。現在、雪名《セツナ》の顔の右半分には〈防腐処理〉の白いもこもこがべったりと張り付いていて、顔の判別が怪しい。だがしかし、幽鬼《ユウキ》の視線から察するに――胸のゼッケンの名前から、雪名《セツナ》だと判断できたようだ。

「雪名《セツナ》ですよ」

と答えた。喋《しゃべ》るだけでも、顔面の皮膚が引っ張られて怪我に障った。

「もう、ゲームクリアなんですよね？」雪名《セツナ》は聞く。

「ええ。たぶんそうです。ゴールのアーチをくぐりましたからね」幽鬼《ユウキ》はアーチに目を向けて、「ゴールじゃないかもしれないので、一応待ってたんですけど」

「この道を行けばいいんですか？」

目の前の広い道を見て、雪名《セツナ》は言う。遠くに、アスレチック場の出口らしき場所が見えた。鉄柵を境に道が林道に変わっていて、車が何台か停《と》まっている。

「わかりませんけど、みなさんあちらに向かってますね」

パチンコ屋の店員みたいなことを幽鬼《ユウキ》は言った。

もう少し行かないといけないらしい。雪名《セツナ》は幽鬼《ユウキ》と共に歩いた。右脚が動かなかったので、「すいません、肩を貸してもらえますか？　右脚をやってしまって……」と幽鬼《ユウキ》に頼み、そのようにしてもらった。

二人三脚の移動をしているうちに、気持ちが落ち着いてきた。興奮が収まり、弱い自分がまた顔を出してくる。自分のしてしまったことを、思い出す。

「幽鬼《ユウキ》さん」と雪名《セツナ》は言った。

「はい」

「吐き出したいことがあるんです。聞いてもらえますか」

「なんです？」

「さっきの広場で、静久《シズク》さんを殺《あや》めてきました」

幽鬼《ユウキ》は、相槌《あいづち》を打たなかった。

「鍵の奪い合いになったんです。あのプールには、武器がいろいろ隠してあって……。それを使って、争いを。怪我《けが》をしたのはそのせいです」

「へえ……」

「怖かったんです」

雪名《セツナ》の声が涙を含んだ。

「死ぬのが怖かった。いざという場面になると、体が勝手に動いてしまった」

考えてみれば、なにをしているのかという話だ。死にたがりのくせに、いざ舞台が整ったらそれを拒否して、相手を殺した。しかもゲームに巻き込まれただけの一般人を。

「どうしたらいいんでしょう、私」

答えは求めていなかった。聞くまでもなくわかっていた。どうしようもない、が答えだ。お前のような中途半端な人間に、たどり着くべき場所なんかない。

この世は地獄だ。あの世に飛ぶ勇気もない。

だから――私の救いはどこにもないのだ。

「雪名《セツナ》さん」幽鬼《ユウキ》は言う。

「はい」

「今更なことを言うかもしれないんですけど、いいですか？」

「はい」

「殺すとか死ぬとか……さっきからなんの話です？」

「え？」

「なんだか、まるで、本物のデスゲームみたいな口ぶりじゃないですか」


（21／25）


驚くことすらできなかった。

全然脈絡のないことを言われたように思った。「は……？」という、一文字の受け答えをするのが、雪名《セツナ》にできたせいぜいだった。

「鉄条網のときも思ってたんですけど……なんか変に入れ込んでますよね、雪名《セツナ》さん。落ち着いたほうがいいですよ。しょせんはゲームなんですから」

口がぱくぱくしているのが、自分でもわかった。言葉にならないとはこういう状態のことを言うのだなと、妙に冷静に思う。

「本物ですが」

時間をかけて、雪名《セツナ》はなんとか言いたいことを言った。

「本物なんですが」

「まさか」幽鬼《ユウキ》は笑った。雪名《セツナ》は初めて彼女の笑顔を見た。「そんなの、現代の日本でやれるわけないじゃないですか」

「え……その……じゃあ幽鬼《ユウキ》さん、逆にこれがなんだと思っていたので？」

「なんかの企画でしょう？　テレビの番組か、それとも動画サイトかストリーミング配信か。ここまで演出に力入ってるのは初めて見ましたけど」

「……演出って……」

そんなはずはない。いくら鈍感な人間でも、あれだけのことが起こって〈演出〉で済ませられるわけがない。

「だって、幽鬼《ユウキ》さん、死んだプレイヤーをたくさん見てきたでしょう？　アスレチックに失敗して、剣山に突き刺さって……」

「見ましたけど、本当に突き刺さってたわけではないのでは？　血が出てませんでしたし。なんか白いもこもこが出てるだけでしたよ。雪名《セツナ》さんだって、ほら、怪我《けが》したなんていうけど白いのがついてるだけじゃないですか」

「いや、これは〈防腐処理〉の効果で……」

とまで言って、雪名《セツナ》の口が止まる。〈防腐処理〉のことを、自分は幽鬼《ユウキ》に説明していただろうか？

「それに、雪名《セツナ》さんも自分で言ってたじゃないですか。単なるサバイバルゲームだって」

さらに思い出す。これが殺人ゲームだということを、自分はちゃんと説明していただろうか？　〈単なる〉とは言ってなかったものの、サバイバルゲームという表現をしたことは記憶している。切羽詰まった状況だったので、詳しい説明は省いたのだ。

雪名《セツナ》は幽鬼《ユウキ》を見た。

その姿には、見たところ傷ひとつない。このゲームにおいて、彼女は一切の怪我《けが》を負わなかった。それはつまり、あの白いもこもこが体から出たものだと、気づく機会がなかったということだ。危険な目に遭っていないのだから、危険性にも気づけない。

彼女のどこか能天気な態度にも、これで納得がいく。命懸けと思ってなかったのだから、そりゃあ、能天気でいられるだろう。——いや、しかし——周囲のプレイヤーの雰囲気から、どこかの段階で察しがつきそうなものではないか？　なんという鈍感な人間だろう、と雪名《セツナ》は思う。

それでも、認めないわけにはいかない。

この人は、自分の置かれた状況も知らず、ゲームをクリアしたのだ。

待てよ——すると、あれはどうなる？　吊《つ》り橋のアスレチックで花奏《カナデ》を突き落としたのは——別に死ぬわけではないと思っていたから？　単に脱落するだけだと思っていたから、だから実行できたのか？

それに感化されて生き残った私って、一体——？

「雪名《セツナ》さん？」

少しだけ心配そうな様子で、幽鬼《ユウキ》は雪名《セツナ》の顔をのぞき込む。

「大丈夫ですか？　雪名《セツナ》さん、生きてますか？」

その一言で、すべてが決壊してしまった。

雪名《セツナ》は——笑い出した。

堰《せき》を切ったように、笑いと涙があふれた。笑うだけでも顔面の怪我が痛むのに、どうにもやめられなかった。愉快さと、悲しみと、不条理感と、投げやりさと、たくさんの感情がちかちかとしていて、止める手立てはなかった。

心の底から、思った。

こんなやつが生きてるのに、私が死ぬなんて、間違ってる。


（22／25）


こうして、ゲームは終わった。

初心者のみで構成されたゲーム——〈メイデンレース〉。参加者数は五十名。生還者は十三名。最終アスレチックに隠されていた十五本の鍵のうち、二本は発見されずにタイムアップとなった。五十分の十三——初心者揃《ぞろ》いのゲームとしても、かなり低い生還率を記録した。

また、生還率のみならず、継続率も高いとは言い難い結果に終わった。生還してなおもこの世界に残った者は、わずか二名。一人は、プレイヤーネーム、幽鬼《ユウキ》。ただの〈お遊び〉と勘違いしてゲームをクリアした彼女は、真実を知っても、しかし、プレイヤーを続けた。もしかしたら才能あるのかも、と思ったからだ。少しイレギュラーな形になりはしたものの、彼女をスカウトしたエージェントの見立ては間違っていなかったようだ。

そしてもう一人は——。

(23/25)

幽鬼《ユウキ》のエージェントは、車を走らせていた。

(24/25)

夜道を、車が走っていた。

今にも闇に溶けていきそうな、黒塗りの車だ。そのハンドルを握るのは、雪女のような、冷たい雰囲気の女性である。

女性に本名はない。

エージェントになる際、戸籍は抹消されてしまったからだ。とはいえ、記憶まで消したわけではないので、元あった名前を覚えている。雪乃七見《ゆきのななみ》だ。

ゲームに参加したときのプレイヤーネームは――雪名《セツナ》。

雪名《セツナ》は、エージェントになっていた。顔を変え、名を雪《すす》ぎ、まるっきりの別人になって、ゲームの世界を影から支える存在となった。

なぜなったのかといえば、職に困っていたからだ。あのゲーム――〈メイデンレース〉を経て、雪名《セツナ》は安定を取り戻した。人の心に本来ならば引かれていないといけない――けれども雪名《セツナ》の心からは消えかかっていた一線を、引き直すことができた。それはいいのだが、しかし、社会から距離を置いていて無職であるという現実の状況に変わりはない。今後の身の振り方として、雪名《セツナ》はエージェントの道を選んだ。ゲームに参加するのはもう懲り懲りだったけれど、どうせならこの世界に携わろう、と思ったのだ。

エージェントになってしばらくして、幽鬼《ユウキ》がプレイヤーを続けていることを知った。すぐに、専属の付き人に志願した。自分をさんざんに振り回してくれた――自分の憑《つ》き物《もの》を落としてくれた彼女の行く末を、そばにいて見届けたかったからだ。

車が、信号に引っかかった。

ハンドルをつつきながら、エージェントはため息をついた。

心配のため息である。自分の担当プレイヤー――幽鬼《ユウキ》は、相当まいっているようだった。六十二回目のゲームをクリアした彼女をさっきエージェントは自宅に届けてきたのだが、どうやら彼女は、弟子の玉藻《タマモ》を殺害したことを忘れていた。あるいは忘れたふりをしているだけかもしれなかったが、どちらにせよ、そうせねばならぬぐらいの大事だということだ。エージェントが初めて会ったころの幽鬼《ユウキ》であればとても考えられない事態だが、これはつまり、いつまでも人は無敵ではいられない、ということなのだろう。

かつて幽鬼《ユウキ》がそうしたように、こちらも気の利いたことを言えればよかったのだが――大したことは思いつけなかった。彼女を自宅近辺に送るという仕事をただ粛々と行い、そして帰路についている。考えてもしようのないことを、エージェントはつい考えてしまう。果たして立ち直ってくれるだろうか。彼女はプレイヤーを続けてくれるだろうか――？

そう思っていると、電話がかかってきた。

携帯を見ると、発信者は幽鬼《ユウキ》だった。すでに信号が青に変わっていて、運転中だったが、ながら運転禁止の法律を守ることより彼女の連絡にいち早く応えるほうが優先に決まっていたので、すぐ電話に出た。

「はい」

「あ――エージェントさん」

幽鬼《ユウキ》の声が聞こえる。その一言だけで、焦っているらしいとわかった。

「あの、睡眠薬、なんですけど……持ってますか？」

睡眠薬というと、ゲームの参加時に飲むあれのことだろう。プレイヤーはゲームの舞台に送迎される際、睡眠薬で眠らされる。

「持っておりますが」とエージェントは答える。

「ああ、よかった――」

「どうかしたのですか？」

答えはなかった。代わりに、電話口から、がさがさという草むらを抜けるような音が聞こえてきた。一体どうした、とエージェントは思う。

やがて、再び幽鬼《ユウキ》の声が聞こえた。「……お願いです！」

「すぐ迎えに来てください！　私を――今すぐ眠らせてください！」


（25／25）

2.スノウルーム（62.5 回目）

（0／44）

時は少しさかのぼる。

（1／44）


「――どう。よく思い出せたかい？」

幻影に言われて、幽鬼《ユウキ》は目を開けた。

目に映るのは、六畳一間のアパート。さっきまでとなにも変わらない、その光景。幽鬼《ユウキ》とまったく同じ顔で、まったく同じジャージ姿で、にたりと笑う幻影の自分が、目の前にこびりついて離れない。

幽鬼《ユウキ》は返事をしなかった。

だが、確かに思い出していた。最初期の自分のことを。そうだ――私のキャリアは、あんなふうに一風変わった形で始まったのだ。

「鈍感な人間だったよな。昔は、今よりも」幻影は言う。

「……だから、なんだっていうんだ？」幽鬼《ユウキ》は答える。

「だから、それに戻してやるっていうんだよ」

幻影は両手を広げた。

「私に精神を委《ゆだ》ねろ。そうすれば、あのときの自分に戻れるぜ」

幽鬼《ユウキ》は眉をひそめた。幻影の言うことがわかりかねたのだ。

「私が成り代わってやる、ってことさ。傷心のお前に代わってプレイヤーをやってやる。お前と違って私は、変なことをごちゃごちゃ考えたりはしない。殺して、壊して、連勝記録を積み重ねて、それで終《しま》いだ。お前よりはるかにうまく事を進めてやるよ」

「私の精神を乗っ取るつもりか」

「乗っ取るって言い方はどうかな？　さだめし私のことを得体の知れない化け物かなんかに思ってるんだろうけど、私はお前自身なんだぜ。お前の心の問題さ。……まあ、ゲームの正体にすら気づかずってわけには、今更いかないだろうけど……それでも今のお前より鈍感で、簡潔で、そして強い。そんな私に戻りたくはないか？」

「ふざけるな」

にべもなく幽鬼《ユウキ》は答えた。

「なんのために……お前の言う、敏感で複雑でよわっちい人間になったと思ってる？　九十九回のためだ。そのために感覚を磨いたからだ。それを昔に戻してどうする？　本末転倒だろうが」

そういう開き直りみたいな態度を幽鬼《ユウキ》は嫌っていた。そうしたプレイヤーが死ぬところを、数多く見てきたからだ。難しいことを考えなくなったやつから死ぬ。繊細な感覚を失ったやつは死ぬ。あのころの私になんか戻したら、きっと、三回と保《も》たないだろう。

しかし幻影は、「そうかな？」と言って聞かない。

「なにか証拠でもあるのかい？　案外、戻しちまったほうがうまくいくんじゃないかな？　世の中見渡してもそうじゃないか。傷ついたことなんか人生で一回もないみたいな、そんなふうに振る舞ってる人間が富も地位も持ってるぜ。そっちのほうがいいんじゃないかい？　少なくとも確実に言える利点がひとつある。そのほうが、あんたの心は楽だ。今とは比べものにならないほど」

幽鬼《ユウキ》は言い返したくなったが、やめた。

彼女は私なのだ。議論するのは不毛だ。彼女を言い負かして消滅させることができるのなら、そもそも出現していないだろう。幽鬼《ユウキ》の心がそっちに傾きかけているから、やつは現れたのだ。

「で……どうするんだ？」

幻覚の自分は聞いてくる。

「はっきり答えてもらおうか。私に預けるのか？　それともお前のままでいるのか？」

「…………」

幽鬼《ユウキ》は、考える。

この選択は重要だ。間違いなく、私の将来を決定的に方向づける。考えるまでもなく、直感するまでもなく、すでに事実として知っているかのように幽鬼《ユウキ》はそう思った。ノーと口で言うことはできる。だがそれはなんの解決にもならない。戻りたい、と思っているのも事実なのだ――玉藻《タマモ》の一件に限らず、これからはしんどい出来事が数多く待っていることだろう。九十九回の終盤戦。片目の視力喪失。そして師匠のようなダメージの蓄積。不安な未来をいくらでも想像できる。

あのころの自分を欲している。心のどこかで。

殺人ゲームに参加していることにすら気づけないような、鈍感な自分。

他人を手にかけても、殺したことにさえ気づかないような、最強の自分。

幽鬼《ユウキ》はゆっくり考えた。そうしていても、幻影は急《せ》かしてこない。なし崩し的な説得ではなく、心からの同意を求めているのだろう。その態度に幽鬼《ユウキ》は存分に甘えた。日が昇り、また沈んで、同じ時刻に戻ったのではないかというほどに長考した。

これ以上考えても結論は変わらないだろうという状態に至り、幽鬼《ユウキ》は幻影の目を見た。

「いやだ」

と答えた。

「私は、お前には戻らない。楽になるつもりはない」

「……そうかい」

やれやれと言わんばかりに、幻影は首を振る。

「残念だな」

「私の前から消え失せろ」

「あいにくだが、そういうわけにはいかないのさ」

幻影の自分は立ち上がり、肩を回した。

「穏便に済ませられるなら、そうしてやるつもりだったんだがね……。同意が得られないんじゃあ、仕方ない」

さらに、幻影は腕を伸ばした。幻でしかないはずの体をほぐしてから、彼女は言う。

「力ずくで、お前の体をいただくまでだ」


（2／44）


幻影は、幽鬼《ユウキ》に向かって歩いてきた。

一歩、また一歩と進む。六畳一間の狭い部屋なので、あと数歩もすれば、手の届く距離まで来てしまう。

彼女が肉薄するまでのわずかな間に、幽鬼《ユウキ》は思う。力ずく——力ずくって言ったのか、今？　まさか、やれるというのか？　だってやつは幻のはずなのに——。疑問は拭えなかったものの、人間の形をしたものが戦意と一緒に近づいてくるという事実に、身構えた。

そんな幽鬼《ユウキ》に見せつけるかのように、幻影はゆっくりと拳を握った。その拳を後ろに引き、幽鬼《ユウキ》が防御姿勢をとる時間を十分に与えた上で、
顔面にパンチを放ってきた。

まず、当たり前のことが起こった。ガードとして顔の前に置いておいた幽鬼《ユウキ》の腕に、幻影の拳が接触して――すり抜けた。なにも驚くべきことではない。普通のことだ。幻影なのだから、腕をあてがったところで防御できるわけがない。

しかし、その一瞬後、幻影のパンチが顔面にヒットすると、幽鬼《ユウキ》の全身すみずみまでが混乱に満たされた。どつかれた感覚が確かにあって、後ろによろめいて、部屋の壁にぶつかる。思わず床に崩れてしまい、そしてしばらく立てなかった。

「どうしたよ？」

幽鬼《ユウキ》を見下ろして、幻影は言う。

「まさか、当たらない拳を繰り出すとでも思ったか？」

混乱の覚めやらぬ中、幽鬼《ユウキ》は殴られた箇所――顔の眉間の辺りに触れる。ずきずきと痛い。血は出ていないが、確かに殴られた。なんだ？　私はなにをされた？

いや――違う。したのは私だ。あたかもパンチを食らったかのように、感じているのだ。考えてもみろ。普通ならそもそも幻影なんて見ないのだ。私の心の一部は、すでに私の好

きにはならない。やつは私を、精神の世界から攻撃できるのだ！

幻影はまたしても歩いてくる。幽鬼《ユウキ》は慌てて立ち上がる。なんということだ――。数奇な体験はそこそこしてきたつもりだったが、幻に殴られるのは人生初だ。今後二度と経験できる機会はないだろう。

しかし――しかしだ。そういう話だというのなら、幽鬼《ユウキ》にも対応のしようはある。力ずくだって？　上等。それなら私の得意分野だ。幽鬼《ユウキ》は構え、両方の拳をきゅっと握った。

ファイティングポーズに気圧《けお》された様子もなく、警戒するでもなく、幻影の自分は速度を落とさず歩いてくる。適切な間合いにまで彼女を引きつけてから、幽鬼《ユウキ》は、幻影の顔面にお返しの右ストレートを放った。

が、しかし。

こっちの攻撃は、一切の手ごたえなくすり抜けた。

まさに幽鬼《ユウキ》の拳が通っている顔で幻影はにやりと笑い――そして、今度は、幽鬼《ユウキ》のみぞおちを殴った。そっちはちゃんとヒットして、幽鬼《ユウキ》は崩れ落ちる。

「なにやってる？　そこにはなにもないぜ」幻影は嘲るように言った。

「……こんな馬鹿な話があるか！」

幽鬼《ユウキ》は、痛む腹を押して叫んだ。

「フェアじゃねえぞ！　幻影！」

「そんなに叫んで……。ご近所さんに聞かれちまうぜ？」

幻影はくっくっと笑う。

「フェアじゃないって？　んなこたあないさ。これは実力だよ。昔の私のほうが強いっていう、その事実を反映しているんじゃないかね？」

そう言って、幻影の足が動いた。

蹴りだ。幽鬼《ユウキ》はとっさに転がって、その一撃をかわした。

続いて——起き上がるや否や、玄関へと走った。ほとんど本能的な判断だった。あちらの攻撃は当たる。こちらは当たらない。だから逃げるしかない。それだけだ。後先を考える余裕はこのときの幽鬼《ユウキ》にはなかった。靴を履く時間すらも惜しんで、腕を限界まで伸ばしていち早く鍵とチェーンを外して、速度をなるべく落とさないようにして幽鬼《ユウキ》は玄関扉を開けた。

アパートの廊下に出た。誰もいない。おっつけ幽鬼《ユウキ》は建物も出て、夜道をゆく。一瞬だけ振り向くと、幻影が追ってきているのが見えた。その速度は幽鬼《ユウキ》と変わりがない。走力は同じなのだろうか——そう思いつつ全力で逃亡を続ける。

一方で、頭は未来のことに考えを向けていた。これからどうする？　まさか一生逃げ回るわけにもいかない。あの幻影をなんとかしなくては——。そもそもの話、幻影は私をどうするつもりなのだろう？〈お前の体をいただく〉という言い回しをやつはしていた。

具体的にどうなる？　どうなったら私の負けだ？　物理的に気絶したら？　それとも攻撃されているうちに、ダメージを錯覚するのと同じ原理で私の心が死に至るのか？　わからない。しかしおそらく、ここでこうして考えている私は消える、と見ていいだろう。

ますますわからないのは勝利条件のほうだ。どうやったらやつを殺せる？　周囲から幽霊と呼ばれて久しい私だが、幻に攻撃を入れるすべは持ち合わせていない。同じ土俵にすら上がれていない。それこそゲームの負けイベントとしか思えない状態だ──。

「………」

待てよ──ゲーム？

「ほうら、考え事してんじゃないよ」

と、そこで横からの声を聞いた。

見ると、幻影の自分がすぐそばにいた。すでに攻撃態勢に入っており、空中で体を回していた。

彼女に回し蹴りをきめられるまでの一瞬で、幽鬼《ユウキ》は見た。幻影の背後に階段がある。近隣の地図と、自分の走ってきた道のりが頭に浮かぶ。あの階段を通れば近道になる。より少ない距離でこの地点に来て、私に追いつくことができる──というロジックが組み上がったところで、幽鬼《ユウキ》は左脇腹に痛烈なヒットを受けた。

幽鬼《ユウキ》は転がり、道の端に備え付けられたガードレールにぶつかった。この通りは高所に位置していて、ガードレールの向こうは小さな崖になっている。それをくぐり抜けて幽鬼《ユウキ》は崖に身を躍らせた。崖を舗装している板チョコみたいな模様の壁――擁壁《ようへき》という名前がついていることを最近知った――を滑り、下の道路に降り立った。幽鬼《ユウキ》が崖の上を見ると、幻影もガードレールを飛び越えてくるところだった。急いで逃げる。

　またしてもやられた。でも、収穫もあった。確かに追いつかれはしたものの、理不尽な不思議パワーでそうされたわけではない。階段を通って近道してきたというロジックを、幽鬼《ユウキ》は確認できた。

そう――ロジックだ。それがキーワードなのだ。あの幻影は、私の頭が作り出した存在。かつてあった無敵の私を象《かたど》ったもの。それだけでしかないのだ。やつ自身がいみじくも言ったように、得体の知れない化け物なんかでは決してない。

走力は同じだけど、近道されたら追いつかれるかもしれない――。

昔の私のほうが強いから、殴り合いになったら一方的にやられてしまう――。

どちらも私の中で理屈が通っている。幻影の言う通り、こいつはフェアだ。幻だからってなんでもできるわけじゃない。そこにはルールがあり、束縛がある。私が無意識に設定しているロジックに従って、こいつは動いている。

　それならば――。

幽鬼《ユウキ》の中で、作戦が組み上がる。

とにもかくにも、まず必要なのは時間だ。幻影を足止めしなければならない。そのための方法は、幽鬼《ユウキ》の思いつく限りではひとつしかない。それが作戦の第一段階。

そして第二段階は――言ってしまえば、人任せということになるのだろう。でもきっと、彼女ならなんとかしてくれるはずだ。かつて実際にそうしてくれたことがあるのだから。心がよわよわになって幻影に苛《さいな》まれているという幽鬼《ユウキ》の現状に、お怒りにならなければ、の話ではあるが――。

幽鬼《ユウキ》は携帯を取り出す。

悲しいかな、画面が割れていた。さっき転がったときにであろう。しかし機能面には問題なく、エージェントに電話をかけることができた。

「はい」と彼女はすぐ電話に出てくれた。

「あ――エージェントさん」挨拶もなしに、幽鬼《ユウキ》は用件を伝える。「あの、睡眠薬、なんですけど……持ってますか?」

その声から緊急性が伝わったのか、エージェントは端的に「持っておりますが」と答えた。

「ああ、よかった――」

「どうかしたのですか?」

幽鬼《ユウキ》が答えを吐こうとしたそのとき、殺気を感じた。

いつの間にか隣にいた幻影のハイキックに、幽鬼《ユウキ》は早いタイミングで反応できた。身を低くしてかわし、ちょうど近くにあった歩道沿いの大きめな植え込みに入った。がさがさと音を立ててそれを抜けつつ、幽鬼《ユウキ》は言う。「……お願いです！」

「すぐ迎えに来てください！　私を――今すぐ眠らせてください！」


（3／44）


〈迎えに来い〉という言い方を便宜上幽鬼《ユウキ》はしたものの、それは無理だ。往来を駆け回り、絶えず位置が変わっている幽鬼《ユウキ》を車で拾うのは現実的ではない。

よって、エージェントにどこか近隣で待機してもらうことにした。まず、幽鬼《ユウキ》が現在位置をメッセージアプリ経由で送信。それを受けたエージェントに待ち合わせ場所を提案してもらい、幽鬼《ユウキ》がそこに向かうという方式をとった。

ついでにエージェントから現在位置も教えてもらったのだが、ここからそう遠く離れてはいなかった。考えてみれば当たり前のことで、エージェントが幽鬼《ユウキ》を送ってから、時間にしてまだ十五分と経《た》っていないのである。幻影が現れるなんていう非日常体験のせいで、あたかも三日ぐらい過ぎたような気分に幽鬼《ユウキ》はなっていたものの、実際にはエージェントはまだ近くにいて、すぐ戻って来られる。

幽鬼《ユウキ》は合流地点に向かった。幻影から逃げ続けることは――少なくともしばらくは――さほど難しくないといえた。幻影の走力自体は幽鬼《ユウキ》と同じなのだから、近道をされないよう気をつけておけば――ロジックが成立しないよう取り計らっておけば、追いつかれる心配はない。問題が出てきたのは逃走開始から十分ほどしたころで、早い話が、幻影は疲れを知らなかった。幻でしかない手足に乳酸は溜《た》まらないし、肺が酸素に困ることもないという理屈なのだろうか――。生身で疲れるほうの幽鬼《ユウキ》は、しだいにへとへとになって追い詰められていった。

念願のエージェントの車を見つけたときには、もう、真《ま》っ直《す》ぐ進むことすらできないほど足が大変なことになっていた。

「幽鬼《ユウキ》さん！　こっちです！」

そう言いつつ、エージェントが駆け寄ってきた。その両手は、カプセル型の睡眠薬と、それを飲み下すための水入り紙コップを持っている。

今の幽鬼《ユウキ》にとって、喉から手が出るほど欲しいブツだ。

これが作戦の第一段階だった。私の頭が作り出した幻影――それを足止めするにはどうすればいい？　簡単だ。幽鬼の意識を失わせればいい。考える頭がないのだから、幻影など見るわけがない。単純明快な解決法である。もちろんこれだけでは根絶には至らないが、時間を稼ぐことはできる。

限界間際の足を動かしつつ、幽鬼《ユウキ》は振り向く。

幻影がいる。幽鬼《ユウキ》の足が遅くなっているせいで、その距離はだんだんと縮まっている。車まで逃げ切ることはできないだろう。エージェントが出てきてくれたのはだから英断だったが、しかし、それでも、彼女のところまで走れるかどうかは怪しいと幽鬼《ユウキ》は見込んだ。

幽鬼《ユウキ》と、エージェントと、幻影と、三者の距離が縮まっていく。

その最中《さなか》――待てよ、と幽鬼《ユウキ》は思った。

仮に幻影が追いついたとして、なにができるというのだ？　幻影は非実体なのだから、エージェントには触れられないはずだ。彼女が睡眠薬を渡そうとするのに干渉できない。受け取る側の幽鬼《ユウキ》を妨害することで一応の邪魔はできるだろうけど――それ以上の行為に及ぶことは可能だろうか？　幻影の立場からすれば、エージェントを排除したいと考えるのは当然なわけで、それは実現可能だろうか？　できるとすれば、どういう挙動になるだろう？

幽鬼《ユウキ》は、つい考えてしまった。

そして、無意識のうちにロジックができあがった。

果たして。

幽鬼《ユウキ》よりも一足先に、幻影はエージェントに接触した。

スニーカーを履いた両足で高く跳び――彼女にドロップキックを食らわせた。

まったく予想していなかったであろう一撃に、エージェントは吹っ飛び、倒れた。その手に睡眠薬はキープしたものの、紙コップのほうは落としてしまった。円形の軌道を描いて紙コップが転がり、アスファルトにとろとろと水をこぼした。

「ゆう、きさん……?」エージェントは苦痛混じりの声で言う。

「ごっ……ごめんなさい！　私じゃないんです！　本当です！」

たぶん、現実の出来事としては、幽鬼《ユウキ》が蹴ったのだろう。幽鬼《ユウキ》はスニーカーを履かずに裸足《はだし》で出てきたわけだし、両脚は疲れ果てて攻撃に使える状態ではないので、パンチのほうかもしれない。ともかくもなにかしたのだ。そうでなければ、エージェントが吹っ飛ぶわけがない。

少し距離の離れてしまったエージェントに、幽鬼《ユウキ》は手を差し出した。その意味するところは瞬時に伝わったようで、彼女は睡眠薬を投げ渡してきた。

カプセルの形をした睡眠薬を幽鬼《ユウキ》は見つめる。カプセルに苦手意識があり、水なしではとても飲めない幽鬼《ユウキ》であったが、そんなわがままを言ってられる状況ではない。今こそ克服、成長の時だ。幽鬼《ユウキ》は意を決してそれを飲もうとするが――

その手を、止められた。

幽鬼《ユウキ》の手首を、幻影の手がつかんでいた。

すぐ後ろに、幻影がひっついていた。手首を握られている感触と、首元にかかる息遣いを感じることができた。手が動かないなら口のほうを幽鬼《ユウキ》はカプセルに持っていこうとするが、そこで口も塞がれていることに気づく。幻影のもう片方の手が、口を覆っている。むろん、実際には幽鬼《ユウキ》が口を閉じているだけなのだろうが、睡眠薬を飲めないことに変わりはない。

幽鬼《ユウキ》は、幻影を引き剥《ひは》がそうと体をよじる。

だが、全然だめだった。幻影の力は、幽鬼《ユウキ》よりもはるかに強い。手だ口だなんていう一部の話ではなく、体全体がほとんど動かせない状態だ。アスファルトに頭を叩《たた》きつけて気絶する——なんていう緊急用プランもひそかに検討していた幽鬼《ユウキ》だったが、このざまではそれも無理。

ちくしょう、と強く思う。

もう少し——もうあとほんの少しだったのに！

ありとあらゆる口汚い言葉を、幽鬼《ユウキ》は頭に思い浮かべようとした。

しかし——そうはできなかった。頭から急速に、力が抜けていったからだ。

「——幽鬼《ユウキ》さん」

気づくと、エージェントが近くにいた。

「僭越《せんえつ》ながら……独断でやらせていただきました。飲み薬以外の手段をこれまで見せたことがなかったものですから、幽鬼《ユウキ》さんはそれをご所望なされたのだと思うのですが……」

エージェントは、片手をあげた。その手は、睡眠薬でも紙コップでもないものを持っていた。

「飲み薬だけではなく、こういうものも持ち歩いております。状況的にこちらのほうがベターと判断しました」

彼女の手には——すでに中身の空になった注射器があった。

有能——と幽鬼《ユウキ》は力一杯言いたかったが、言えなかった。なので、なんとかそれを顔で表現しようとした。幽鬼《ユウキ》が眠りの世界に落ちるまで、目尻をちょっと優しい感じにするのが精一杯だった。伝わったかどうか、果たして知れない。

（4／44）

眠りに落ちた幽鬼《ユウキ》を、エージェントは車の後部座席に寝かせた。

そして、自らは運転席に座り、幽鬼に殴られた胸の辺りを触った。また痛む。かなり強く殴られた。しかし——彼女の言葉からするに、本人が望んだ行為では決してなかったのだろう。すべては、彼女を苛《さいな》む幻影のせいだ。

さっき電話したときに、一通りの事情は幽鬼《ユウキ》からうかがっていた。どうも彼女は、自分と同一の姿形をした幻影を見ているらしい。その幻影が幽鬼《ユウキ》を責め、苛み、彼女を乗っ取ろうとしている――。信じがたい話ではあったけれど、幽鬼《ユウキ》の必死な形相や、彼女のエージェントに対する脈絡なき暴行のことを考えると、そのぐらいの事情がなければ釣り合わない。信じがたいが、納得はできる。殺人ゲームのプロデュースをする組織の職員として働いている自らの境遇に比べれば、はるかにリアリティがあるといえよう。やはり〈ロワイヤルパレス〉の一件が、彼女を不安定にしていたのだ。

また、事情だけではなく、今度の作戦についてもエージェントは聞いていた。作戦の第一段階として、幻影もろとも幽鬼《ユウキ》を眠らせる。そして第二段階――。

エージェントは携帯を手に取り、電話をかけた。

かけ先は、一応番号を登録していたものの、エージェントが電話するのは初めてとなる人物。こんな時間で、しかも知らない番号からの着信に出てくれるだろうか――そう思いつつ、エージェントは携帯を耳に当て、コール音を聞く。

「――はい。もしもし」

ありがたいことに、彼女はすぐ出てくれた。

優しげな声の女性である。電話口から、声に混じってりんりんという鈴の音が聞こえる。どちらも、彼女という人間を象徴するものだ。

「夜分遅くに失礼します――鈴々さん」

エージェントは言った。

「幽鬼《ユウキ》のエージェントです。緊急の用件で、お電話させていただきました」

鈴々《リンリン》。全盲の元プレイヤーにして、幽鬼《ユウキ》の反響定位能力の師匠たる人物である。およそ半年前、離島を舞台とする模擬ゲームで幽鬼《ユウキ》と戦った。

「あら、エージェントさん。どうしたの？」

夜中の電話にもかかわらず、気を悪くした様子もなく鈴々《リンリン》は言う。

エージェントは事情を話した。すべて聞き終えると、「なるほど」とだけ鈴々《リンリン》は答えた。

「そういうことはよくあるのですか？　反響定位を身につけると、見えないものが……もう一人の自分が見えるようになったりする？」

「するわけないでしょう？　もしそうなら、前もって彼女に警告するわ」

「ですよね……」

「でも、プレイヤーの世界ではよく聞く話ね」鈴々《リンリン》は言う。「殺した人間が夢の中で責め立ててくるとか、道端にトラップが仕掛けられている妄想に囚《とら》われて外出できなくなるとか……そんな理由で憂鬱になって、プレイヤーを続けられなくなる娘《こ》はよくいるわ。その発展版と考えればいいでしょう。どうやらいろいろあったようだし、反響定位の力と手を組んで、そういうことになってしまったのかしら」

「……そこまでご承知となると、ご用件のほうも、すでにお察しでしょうか？」

エージェントはそう聞いた。

　じつのところ、鈴々《リンリン》に頼みたいことはすでに決まっていたのだが、あえて聞いてみた。彼女なら説明せずとも意図を察してくれるはずだ——と、幽鬼《ユウキ》が話していたからだ。

「そうね……」と鈴々《リンリン》は少し考えてから、

「その幻影は、彼女の無意識下のロジックに従って動いているのよね？」

「そのようです」

「だとすると、幻影を束縛する〈ルール〉が必要だと考えるはず……。一方的にやられている現状を脱し、同じ土俵に引《ひ》き摺《ず》り出すためのルール……。プレイヤーにとっていちばん強力なルールといえば、ひとつしか思い当たらないわね。命懸けのゲーム」

　鈴々《リンリン》は考えを口に出しつつ、深めていく。

「ならば……彼女は私に、模擬ゲームの開催を求めているのかしら？　幻影の自分とゲームを行い、それを通じて彼女を撃破する。そういう青写真を描いているのでしょう。だから正確には、私を通じて調達屋への依頼、ということになるのかしら……。どう、当たってる？」

「……ご名答です」

　エージェントは言った。

　それは——幽鬼がエージェントに伝えた内容とまったく同じだった。依頼の内容のみならず、論理の流れも完璧に同じ。大したものだ、とエージェントは思う。きっと、プレイヤーを長く続けた人間にだけわかるなにかがあるのだろう。ここまで非凡な出来事を前にすぐさま解決のプランを立ててみせた幽鬼《ユウキ》にも、それを以心伝心のごとく理解する鈴々《リンリン》にも、畏敬をエージェントは抱く。

「ご承諾いただけますでしょうか？」とエージェントは聞いた。

「…………」

しかし、すぐには返事がなかった。

断られるか——とエージェントは思う。半年前の模擬ゲームは、視力に災いあった幽鬼《ユウキ》の境遇に共感してくれたがゆえのことだ。今回の事情はそれとは無関係。ならば、知ったことかと言われるのも無理なしか——。冷ややかな言葉をエージェントは覚悟するが、

「——いいわ」

と、鈴々《リンリン》は言った。

「……引き受けていただける？」

「ええ。協力させてもらうわ」

うふふ、と鈴々《リンリン》は小さく笑って、

「そうね……。〈儀式〉を始めましょう。彼女のイマジネーションを受け止めるに足る、格調高い儀式をね……」

そう言って、鈴々《リンリン》はさらに笑った。

その笑い声が、エージェントの神経に響いた。「……ありがとうございます」と礼を言いつつも、だんだんと不安の念が濃くなっていく。

半年前の離島の戦いを想起しつつ、エージェントは思う。

幽鬼《ユウキ》の願い通りの展開とはいえ——この人に頼んで、本当に大丈夫だったろうか？

（5／44）

模擬ゲームの会場に運ばれる途中。

幽鬼《ユウキ》は、夢を見た。

（6／44）

普段のゲームでは、そういうことは特にない。だが、普段とは少し違う形で眠ったからなのか——夢を見た。それは、まったく夢幻《ゆめまぼろし》の話ではなく、回想に近いものだった。今から二年以上前——〈キャンドルウッズ〉の終盤にて、藍里《アイリ》と二人でゲームの終了を待っているときのことだった。

あのゲームは期限を一週間後としていた。が、例のイレギュラーのために、ほとんどの参加者が脱落し局面が動かなくなったため、三日目に早期終了の措置がとられた。その三日目になるまで——わずかな生き残りであった幽鬼《ユウキ》と藍里《アイリ》の二人は、会場内にあった生活設備を取り揃《そろ》えた部屋で、待機していた。

「この殺人ゲームって、いつから行われてるんですか？」

その最中《さなか》、藍里《アイリ》は幽鬼《ユウキ》にそう聞いてきた。

最初こそ幽鬼《ユウキ》から距離を置いていた藍里《アイリ》であったが、一日、二日と一緒に過ごすうち、いくらかの会話はするようになっていたのだ。

「知らない」

と幽鬼《ユウキ》は答える。当時の幽鬼《ユウキ》に特有の、今よりも投げやりな調子で。

「でも、少なくとも十年以上前からあるらしい。周りのプレイヤーが言うことには」

「常連のプレイヤーも、たくさんいるんですよね」

「いるね。いや、いたと言うべきかな」

「こんなのを何回も生き延びてるなんて、信じられないです」

「こんなのは滅多《めった》にないよ」〈キャンドルウッズ〉の惨状を思いつつ幽鬼《ユウキ》は答えて、「まあ、それでも、信じがたいやつらではあるだろうね」

「……なにが楽しくて、こんなことを？」

ここまで踏み込んだことを実際に聞かれたかどうか、記憶が定かではない。夢の中のことなので、幽鬼《ユウキ》の創作かもしれない。

「人による」

と幽鬼《ユウキ》は答えた。

「幽鬼《ユウキ》さんの場合は、どうして？」

「楽しくなんかないよ」迷いなく言葉が出た。「だから、ここにいる」

「……？」

藍里《アイリ》は怪訝《けげん》な顔をした。しかし幽鬼《ユウキ》は、それ以上の説明をしなかった。語って聞かせるようなことでもないからだ。

幸福を感じるのが下手なのだと思う。何事にも充実感を見いだせず、流れ流れてここにたどり着いた。殺人ゲームの世界――これだって別に、最初から運命を感じたわけではない。ただ、ほかに比べていくらかしっくりきていたというだけだ。

あれから長い時が過ぎた。

最近、ようやく、尊いものを感じられ始めたというのに――。

しかし、今また、幽鬼《ユウキ》は苦しんでいる。なぜこうなる？　どうして私は楽になれない？

この世のどこにも、私の望むような楽園はないというのか？

幽鬼《ユウキ》は、夢の中で、部屋の天井に手を伸ばした。

だが、その天井が歪《ゆが》んだ。伸ばしている手のほうも歪んだ。脳を攪拌《かくはん》されているかのように、意識がぐらつき始めた。現実と非現実の境目が曖昧になり、浮いているような沈んでいるような気分を全身で感じ、そして――

気づくと、白い部屋で幽鬼《ユウキ》は目覚めていた。

（7／44）


白い部屋、だった。

殺風景、無機質、そんな言葉がよく似合う白い部屋だった。打ちっぱなしのコンクリートのような塗装されていない白ではなく、選んで塗られた白色。それが全面を支配している部屋の中で、幽鬼《ユウキ》は目覚めた。

「寒っ……」

目覚めてすぐに、寒気を感じた。

原因はすぐにわかった。幽鬼《ユウキ》は――服を着ていなかった。

いや、正確に言うとTシャツは着ているのだが、その上に羽織っていたはずのジャージがない。髪を触ると、ヘアピンもない。スニーカー――はもともと履いていなかったが、幽鬼《ユウキ》がいつも身に付けている三点セットが、全部ない。

「――やあ、お目覚めかい」

と言われて、幽鬼《ユウキ》は声のほうを見た。

幻影の自分がいた。壁にもたれかかっていた。

「……!!」

幽鬼《ユウキ》はシャツ一枚で身構えるが、

「落ち着きなよ」

と幻影は、そんな幽鬼《ユウキ》をせせら笑う。

「身構えなさんな。あんたの心配してるようなことは起こらないよ」

幻影は言う。彼女の格好は、幽鬼《ユウキ》と同じシャツ一枚だった。

彼女の出現をきっかけに、幽鬼《ユウキ》は思い出す。そうだ――幻影を足止めするため、私は眠ったのだ。エージェントに鈴々《リンリン》へと連絡してもらい、模擬ゲームの手筈《てはず》を整えてもらい

――


そして今、ここにいる。

幽鬼《ユウキ》は、改めて周囲を見た。

白い部屋である。正方形の間取りで、広さは幽鬼《ユウキ》家の六畳間よりひとまわり大きいぐらい。高い天井に取り付けられたライトが、部屋中をますます白く照らしている。

殺風景で無機質な印象ではあったが、なにもないわけではない。いちばん初めに目につ

いたのは、壁の一面に書かれたふたつの英単語だった。

――〈SNOW　ROOM〉。

とても目立つ。

〈スノウルーム〉――ゲーム名だろう。真っ白な壁に、墨くろぐろと大きく書かれていて、

「ルールを確認してみな」

幻影は言って、顎をしゃくった。

そのしゃくり先には――〈SNOW　ROOM〉のすぐ下には――ルール説明が記されていた。文章ではなく、図案である。道路標識や施設案内に使われるようなピクトグラムが、三つ並んでいる。

一つ目は、この上なく簡略化されて描かれた棒人間たちが、探し物をしている図案だ。この空間には幽鬼《ユウキ》と幻影の二人がいるわけだが、図案のほうもそれに合わせて二人いる。二つ目は、片方の棒人間が、宝箱の中から洋服――おそらくはジャージを発見した図案。そして三つ目は、それを着た人物が、扉を通って建物から出ていく図案である。もう片方の人物は、そのさまを物欲しげに見つめている。

「ま、要するに、脱出型のゲームだな」

幻影は補足を加えてくださる。

「この建物の中に、ジャージを含めお前の洋服一式が隠してある。それを相手より早く見つけて、建物から脱出できればゲームクリアってわけだ」

幻影は再び顎をしゃくった。その指し示した先へ幽鬼《ユウキ》は目を向けた。

そこには、扉があった。両開きの大きな扉だ。ぴったりと閉ざされていて、取っ手やドアレバー、鍵穴などは見受けられない。こちらから開けることはできなさそうだ。

扉の左右にはひとつずつ、いかめしい見た目をした銃器が取り付けられている。ペナルティ用の装置だろう。初めてのゲーム――〈メイデンレース〉のときにも見かけた覚えがある。不正に扉をくぐろうとするプレイヤーを罰するためのものであり、天守閣のしゃちほこや、沖縄民家のシーサーに匹敵するぐらい、重要な扉とは切っても切れない関係である。扉の近辺の床には、斜線の引かれている領域があった。〈ジャージを着ずに立ち入ったら撃ち殺すぞ〉――ということだろう。

その入念な用意ゆえに、あそこが〈出口〉なのだろうということが読み取れる。

なるほどね、と幽鬼《ユウキ》は思う。ルールは理解できた。

しかし――だから・な・ん・だ・と・い・う・の・だ・ろ・う？　ゲームが始まった。それはいい。でも、だからって、幻影がおとなしくしている理由はないはずだ。やつの目的は幽鬼《ユウキ》の精神を乗っ取ること。幽鬼《ユウキ》が目覚め、再び活動できるようになったのにもかかわらず、攻撃を再開してこないのはどういうわけだ？

幽鬼《ユウキ》は、今一度幻影に目を向けた。

壁にもたれかかっている。〈ＳＮＯＷ　ＲＯＯＭ〉が書かれているのとは、また別の壁面だ。同じ姿勢のまま、身動きひとつしない。

その姿を見て、直感がはたらいた。「あのさ」と幽鬼《ユウキ》は話しかける。

「なんだ」

「ちょっと、横にどいてみてくれない？」

幻影の表情が、わずかに硬くなる。「なんでだ？」と言う。

「なんでもだよ。どいて」

幻影は、ますます難しい顔をして、その通りにした。

すると――その裏の壁にも、ピクトグラムが描かれていた。

ふたつある。どちらの図案の上にも、斜め線が大きく引かれている。〈禁止事項〉ということだろう。一つ目は、ジャージを破る、燃やすなどして破損することの禁止。

そして二つ目は――暴力行為の禁止。

「………」

幽鬼《ユウキ》は、ふっ、と笑った。

だから、幻影は手を出してこないわけだ。幻影の自分とゲームを行い、行動を〈ルール〉で縛る——その目論見《もくろみ》はうまくはまってくれたようだ。鈴々《リンリン》はしっかり、幽鬼《ユウキ》の意図を読み取ってくれたらしい。ありがたいことだ。

「くだらねえ工夫しやがって……」

と幻影は、ぼやくように言った。

「こうも大層な舞台を用意して、ご苦労なこった。そうまでして私から逃れたいのかい？」

「まあね」と幽鬼《ユウキ》は答える。

「傷つくね。ここまで手ひどく拒否されると……」

「傷つく？・・」

幽鬼《ユウキ》は揚げ足を取った。

そうすることに意味があると思ったからだ。この幻影は、私の無意識に基づいて動いている。ならば、言葉尻をとらえるなどして精神的に優位に立てれば、その力を削れるはずだ。

「それは嬉《うれ》しいな。初めてお前にダメージを与えられたわけだ。今後もこの方針で行かせてもらうよ」

幻影は答えず、ただ舌打ちをした。

「とっとと始めようぜ、本体どの」と言う。

「そうだね、そうしよう」と幽鬼《ユウキ》は応じた。

この部屋にある扉は、例の出口ひとつだけではなかった。ほかの三面にもひとつずつ、ドアがついている。学校の教室にあるようなスライド式のドアである。ほかの部屋に続いているのだろう。この建物がどれほど広いのか——ジャージを探すのにどのぐらいの苦労を強いられるのか、今の段階ではまだわかりかねた。

そんなドアのひとつに向かって、幻影は歩き出した。

すると、かつん、と足音が鳴った。

幽鬼《ユウキ》は驚く。幻影が足音を立てたという事実に、である。本物の足音ではないだろう。幻影は実在していないのだし、していたとしても裸足《はだし》だ。かつんなどという音の鳴る道理はない。鳴っているのではなく、鳴らしているのだ——どこかで音響が使われている。

かつん、かつん、と音が続く。幻影が歩いていく。まもなくドアの前に着いた。取っ手を持ちスライドさせるタイプのドアなのだが、むろん幻影は取っ手を持てない。開けることはできないはずだが——

しかし、なんと、ドアはひとりでに開いた。

——のだと思う。幽鬼《ユウキ》が開けたのではないはずだ。エージェントを攻撃したときみたいに幽鬼《ユウキ》が代行した可能性もあるが、たぶん違う。そろそろ自分の感覚に自信がなくなってきたけれど、幽鬼《ユウキ》の立ち位置からドアまではかなりの距離があったし、さすがに無理だと思う。足音の音響と同じように、どこかから誰かが操作して開けたのだ。

ともかくも、開いたドアから幻影は出ていった。部屋に一人となった幽鬼《ユウキ》は、きょろきょろとした。

天井の隅に、小さな監視カメラを見つけた。

（8／44）

同時刻、別室にて。

エージェントは、ボタンから指を離した。

（9／44）

——とうとう始まったか。

幽鬼《ユウキ》のエージェントはそう思いながら、タブレット上の、ドア開閉用のボタンから指を離した。

そして、広く視野を取った。

ゲームの舞台たる白い部屋とは別の意味で、殺風景な部屋だった。壁も床も剥《む》き出《だ》しのコンクリートで、天井にはほこりのような耐火皮覆材で覆われた鉄骨が見える。あるものといえば、パイプ椅子に机が数個ずつと、ゲームの様子を監視するためのモニターと、なにやら正体のわからない雑多な機械類と、それらすべてに電気と通信経路を供給するコード類ぐらいのもの。幽鬼《ユウキ》のエージェントと、鈴々《リンリン》と、調達屋の三人のほかには、誰の姿もなかった。

ゲームの進行を管理するための、別室だ。幽鬼《ユウキ》たちのいる白い部屋とは、別の建物にある。

「うまくいったかしら？」

と鈴々《リンリン》が聞いてきた。

「ええ。どうやら」

エージェントは、モニターのひとつに目を向けた。

そこには白い部屋――ゲームのスタート地点となる部屋が映っていた。ドアがひとつ開いている。幽鬼《ユウキ》がきょろきょろとしていて、ちょうどカメラを発見したらしくこっちを向いた。

その顔に、違和感を覚えている様子はなかった。

うまく演出できたのだろう、とエージェントは一安心する。幽鬼《ユウキ》が幻影としていた会話に一区切りついたようだったので、足音の音響を鳴らし、遠隔操作で部屋のドアを開け、あたかも幻影が出ていったかのように見せたのだ。

「さて……それじゃあ、もう一人のほうもスタートさせましょうか？」

と言って、鈴々《リンリン》はマイクのスイッチを入れた。

白い部屋に声を送るためのものだったが、しかし、その対象は幽鬼ではなかった。

エージェントは別のモニターに目を移した。そっちにも白い部屋が映っている。幽鬼《ユウキ》が目覚めた部屋とほとんど同じ造りである。

ただし、そこには、幽鬼ではないプレイヤーが映っている。

そう——これこそが、このゲーム最大の特徴だ。幻影の行動を管理するため、エージェントたちは、同じゲームの舞台をそっくりそのままもうひとつ用意した。この別室のすぐ下、建物の一階部分に位置するその舞台にもう一人のプレイヤーを配置し、彼女にゲームを進めてもらう。そしてふたつの舞台の進行状況を互いにリンクさせて、あたかも幻影が実在しているかのように演出する。それが、幻影との一騎打ちのゲーム、〈スノウルーム〉の舞台裏だ。

つまり実際には、幽鬼《ユウキ》と、幻影の代役たる協力者の対決なのである。

その協力者のほうに、鈴々《リンリン》は話しかける。「対戦相手がスタートしたわ」

「あなたも、ゲームを始めてちょうだい」

「かしこまりました」と協力者が答えたのが、モニター内蔵のスピーカーから聞こえた。

「言うまでもないけど、本気でやってね。持てる力のすべてを使ってゲームを進めるのよ。

少しでも手を抜いた様子があったら、あなたを殺すわ。いいわね？」

いや、いいわけないだろ、とエージェントは思った。

好意で協力してくれた人に、なんて言い草だ――とエージェントは言いたくなるのだが、しかし協力者は、「もちろんです」と平然と答えた。全力を尽くす所存なのか、それとも殺されてもいいと思っているのか。

「あと……部屋を出るときは、あなたから見て正面のドアから出ていってくれるかしら。そうでないとつじつまが合わなくなるから」

「つじつま？　どういうことです？」

「余計な詮索はしなくていいのよ。言う通りにしなさい」

「……承知いたしました」

協力者には、内実を伝えていない。

脱出型の練習用ゲームを作成したので、テストプレイをしてほしい――という説明しかしていない。だから、正確には、協力者がプレイしているほうの〈スノウルーム〉は、本当に命を奪うことはないイミテーションのゲームだ。同時にほかの空間でプレイしている者がいて、互いに進行状況がリンクされる――ということは伝えているものの、その対戦相手が幽鬼《ユウキ》で、しかもそっちは正真正銘の殺人ゲームであるとは、つゆとも知らない。幽《ユウ》鬼《キ》の見ている幻影の代わりをさせられているという部分についても、同様である。

とはいえ協力者も、なにかしら勘づいてはいることだろう。練習用のゲームにしては気合が入りすぎているし、エージェントたち関係者の態度がシリアスすぎるし、
それになにより――人が人でもあったからだ。

（10／44）


幻影が通ったのとは別のドアを開けて、幽鬼《ユウキ》は部屋を出た。

その直後、背後でドアが閉まった。病院や銭湯によくあるような、勝手に閉まるタイプのものだ。ひとりでに開くのみならず、ひとりでに閉まる設計でもあるらしい――そう思いつつ、幽鬼《ユウキ》は辺りを見渡した。

ドアを通った先も、白い部屋だった。さっきの部屋と同じぐらいの広さで、なにもない。〈ＳＮＯＷ　ＲＯＯＭ〉の記述やルール説明すらもなく、天井の隅に監視カメラがひとつと、四面の壁にドアがひとつずつあるばかり。それらのドアのうち正面にあったものを幽《ユウ》鬼《キ》は選び、開け、隣の部屋に足を踏み入れた。

またしても、似たような白い部屋だった。

どうやらこの建物、似たような造りの部屋が大量に並んでいるらしい。三部屋ほどまっすぐ幽鬼《ユウキ》は進んでみたのだが、どの部屋にもドアとカメラしかなかった。ジャージを見つ

けることはおろか、ジャージを隠してありそうなものすら見当たらない。

どういうことだ——と思いつつ四番目の部屋に入ってみると、正面からドアが消えた。

建物の端に突き当たったのだろう。ドアがないのだから直進することはできず、幽鬼《ユウキ》は左に曲がった。そしてまた直進する。そうすればいずれ、建物の角に位置する部屋に突き当たるだろうと思ってのことだ。ドアが三つしかない端部屋から端部屋へ、幽鬼《ユウキ》は移動していく。

そうしていると——。

「あっ」

幽鬼《ユウキ》は思わず声をあげた。

目の前に、幻影が現れたからだ。

突如現れたのではない。幽鬼《ユウキ》が部屋に入った一瞬後、正面のドアから同じ部屋に入ってきた。幽鬼《ユウキ》同様、部屋から部屋へと移動していたようだ。

「よう」と幻影は言ってくる。

「どうだい、首尾は？　なにか進展はあったかい？」

「まだなにも」と幽鬼《ユウキ》は答え、「そっちは？」

「ま……お前と似たようなもんかな」

素直に進展ゼロと言えばいいものを意味深なふうに幻影は答え、幽鬼《ユウキ》の横を抜けていった。

その背中を目で追う。幻影が足音の音響を鳴らしながら歩き、ドアを開け、部屋を出ていき、自動でドアが閉まるところまで見届けた。

相変わらず、勝手にドアが開いているし、足音も鳴っている。実際には外から操作しているのだろうけど——これは一体、どういう法則で管理されているのだろう？　適当に操作しているだけ？　それとも、誰かしらがどこかで、本当にドアを開けたり歩いたりしているのだろうか？

おそらくは後者か、と幽鬼《ユウキ》は思う。この建物と同じ造りの空間が——物理的にか電子的にかわからないが——もうひとつ存在していて、そこを動き回っているプレイヤーがいるのだろう。その動きは足音やドアの開閉という形でこちらに反映され、そして、その情報に、幻影という形での肉付けを幽鬼《ユウキ》の心が与えている。

つまり、対戦相手がいるということだ。〈スノウルーム〉は決して幽鬼《ユウキ》の一人プレイではなく、幻影との対決という構図になっている。

実際の対戦相手は、一体誰なのだろう——？

と、思考が横に逸《そ》れかけたのを幽鬼《ユウキ》は修正する。違う。それは今重要ではない。たった今重要なのは——このゲームが対戦型でもあるということだ。となれば、のんびりとプレイしていてはいけない。幻影よりも先にジャージを身にまとい、こちらこそが在るべき自分だと証明しなければならない。

「……とは言ってもなあ」

部屋の真ん中に立ち、幽鬼《ユウキ》はつぶやいた。

そのつぶやきは、白い部屋の壁や床に吸われて、消えていった。

角部屋と思《おぼ》しき部屋だった。ドアがふたつしかない。これまでの部屋と同様――否、ドアがふたつしかないのだから――これまで以上になにもないとさえ言える部屋だ。

こんな環境で、ジャージを探そうにもどこを探せばいいのやら。〈探す〉という行為すらさせてもらえず、ただ歩き回っているだけの現状、ゲームを本当の意味で始めることはまだできていないと幽鬼《ユウキ》は感じる。進捗がないことから来る徒労感と焦りが、胸にわだかまっていた。

そうした感情を、ため息の形で幽鬼《ユウキ》は発散し、角部屋を出るべく足を動かした。

だがしかし――まさに、その次の一歩目で。
足の裏に、ぐにゅりと、犬のフンを踏んだかのような感触を覚えた。

（11／44）

幽鬼《ユウキ》は、反射的に飛びのいた。

床を見る。幽鬼《ユウキ》の目と鼻の先にあった床――一瞬前の幽鬼《ユウキ》が足の裏をつけていた領域が、へこんでいた。

スイッチだ。これが〈ゲーム〉だということを全身で思い出す。一瞬で幽鬼《ユウキ》のスイッチも入り、臨戦態勢となって周囲に目を光らせる。すわ吹き矢か丸鋸《まるのこ》か、とトラップの襲来を予期するのだが――

しかし、事態は斜め上の方向に動いた。

事態というか、壁が動いた。部屋を取り囲むつるりとした白い壁面――その一部がスライドして、奥から金庫らしきものが現れた。

幽鬼《ユウキ》は――警戒はなおも解かぬままで――金庫に近づく。近づいても、どうやら金庫らしいという見解に変わりなかった。その扉にはなにやら文章が記されている。


Q２．自由の女神の正式名称を次のうちから選べ。
A．世界を照らす自由（Liberty Enlightening the World）
B．聖アフロディーテ像（The Statue of Saint Aphrodite）
C．民衆を導く自由の女神（Liberty Leading the People）
D．追放者たちの母（Mother of Exiles）

誤答ペナルティ：あなたの体に電流が流れる。

ささやかな問題である。

問題文の横には、〈A〉から〈D〉まで、金属製のボタンが四つついている。正しい回答をすれば金庫が開き、間違えれば〈誤答ペナルティ〉――ボタンから電流が流れるのだろう――と解釈するのが自然だ。

「……なるほどな」と幽鬼《ユウキ》はつぶやいた。

この建物にはおそらく、こういうものがたくさんあるのだ。一見するとなにもない床や壁の裏に、スイッチや問題が隠れている。それらを表に引きずり出し、ジャージの在処《ありか》に迫っていくという設計のゲームなのだろう。

さて――幽鬼《ユウキ》は問題文を眺める。四択問題。誤答ペナルティは電流。適当に答えても四分の一で正解になるわけだし、ペナルティの温度感を確かめておきたい気持ちもある。幽《ユウ》鬼《キ》は勘まかせで〈C〉のボタンを押して――

――その一瞬後、幽鬼《ユウキ》の体に激痛が走った。

「がっ……!?」

幽鬼《ユウキ》は、ボタンから指を離した。

そして、床をのたうちまわった。痛い。指だけじゃなく全身が痛い。ボタンから指を伝い、床まで電流が通っていったのだ——と、いまだ続く痛みの中で幽鬼《ユウキ》は理解する。電流を喰《く》らった経験は職業上何度もあったが、その中でもこれは一、二を争うレベルだ。明らかに、ゲームの初《しょ》っ端《ぱな》の、どう考えても小手調べみたいな問題のペナルティに設定する電流ではない。

痛みが引いたころになって、幽鬼《ユウキ》は思い出す。

このゲームの設計者が——あの鈴々《リンリン》だということを。

（12／44）

「——気づいたようね」

別室にて、鈴々《リンリン》が言った。

最初の問題を見つけた幽鬼《ユウキ》に対する言葉だろう。目が見えていない鈴々《リンリン》ではあるが、モニターから聞こえてくる幽鬼《ユウキ》のつぶやき、および電流を受けたことによるうめき声から、察したらしい。

「そのようですね」とエージェントは答える。

「ようやく気づいてくれた、と言ったほうが正確かしら？」

「……かもしれません」

エージェントは、協力者が映っているほうのモニターを見た。

現在、彼女は三つ目の問題に取り掛かっているところだった。スイッチを見つけるのも、問題を解くのも恐ろしく早い。さすがにただものではないな——とエージェントが感心しているうちに、三問目も解いてしまった。

金庫の扉を開けつつ、「簡単ですね」と協力者は言った。

「序盤とはいえ、易しすぎるのでは？　もう少し問題の難易度を上げるか、あるいは誤答ペナルティを厳しくすべきかと。これでは張り合いがなさすぎる」

「気安く話しかけないで」鈴々《リンリン》が答えた。「本物のゲームと思って取り組みなさい。連絡するのは必要なときだけにして」

「おや。しかし……感想のフィードバックは必要なのでは？　そのためのテストプレイでしょう？」

その言葉に、鈴々《リンリン》は少し面食らったようだった。

確かに、そういう話で協力者を呼んだのだ。こちらにこまめな連絡をよこしてくるのは、自然な行動である。

「あとでまとめて聞くわ」と鈴々《リンリン》はごまかす。「いちいち感想を言わなくてもいい。わかった？」

「わかりました」

それにしても、やけに鈴々《リンリン》が辛辣だなとエージェントは思う。この協力者のことが、あまり好きではないのだろうか――？

（13／44）

電流の刑から復帰したところで、幽鬼《ユウキ》は改めて問題に向き合った。

Q2．自由の女神の正式名称を次のうちから選べ。

A．世界を照らす自由（Liberty Enlightening the World）

B．聖アフロディーテ像（The Statue of Saint Aphrodite）

C．民衆を導く自由の女神（Liberty Leading the People）

D．追放者たちの母（Mother of Exiles）

誤答ペナルティ：あなたの体に電流が流れる。

痛みと引き換えに、〈C〉がハズレとわかった。四択は三択になったわけだが、なおも当てずっぽうを試してみる気にはなれなかった。真面目に考える。自由の女神の正式名称——幽鬼《ユウキ》はそれを知らなかったが、選択肢の構成から答えを特定できそうだと思った。そう考えると毛色の違う〈B〉や〈D〉はたぶん間違いだ。字面の似ている〈A〉か〈C〉かで迷わせる想定のクイズなのだろう。そして〈C〉は不正解だったのだから、正解は〈A〉だ。

幽鬼《ユウキ》は〈A〉のボタンを押した。念のためシャツを間に噛《か》ませたのだが、しかし、反応はなかった。スマホのタッチパネルのように指で触れねば反応しない形式らしい。しっかりしてやがるな——と幽鬼《ユウキ》は悔しいものを感じつつ、指で直接ボタンを押した。再びの電流ということはなく、金庫が開いた。

中には、メモが一枚入っているだけだった。拾い上げて読んでみる。

ヒント2
この建物には、全部で二十五の部屋がある。
縦横それぞれに、正方形の部屋が五部屋ずつ並んでいる。
あまり重要なヒントではなさそうだ。五かける五で二十五部屋——だいたいそのぐらいの広さだろうと、これまでの探索ですでに見当がついている。難易度の高い問題ではなかったので、ご褒美もそれなりということなのかもしれない。

有用なものでないとはいえ幻影には見られたくなかったので、メモを回収した。今の幽鬼《ユウキ》はシャツ一枚の格好であり、メモをしまうポケットもなにもなかったので、幽鬼《ユウキ》はそれを細長く折り畳み、おみくじを結ぶかのように髪にくくりつけておいた。

そして、ドアを開けて、隣の部屋に移るのだが――

「……うおっ……」

と、幽鬼《ユウキ》は声に出して驚く。

隣の部屋には――すでに問題が現れていたからだ。

さっきの角部屋と同様、壁の一部がスライドしていて奥に金庫があった。その問題もすでに解かれているようで、金庫の扉は開け放たれていた。幻影のしわざだろう。やつもこのゲームの仕組みに気づいたようだ。

幽鬼《ユウキ》は、金庫に近づいて中をのぞく。

中身は空だった。幻影が回収した――ということなのだろうが、実際にはどういう処理になっているのだろう？　そう思って金庫をさらによく観察すると、底に蓋がついているのを見つけた。ここから中身を落としたのだ。ドアの開閉や足音だけでなく、金庫の開閉やアイテムの回収も表現されるらしい。ゲームシステムをまたひとつ理解しつつ、幽鬼《ユウキ》は部屋をあとにした。

その際、金庫の問題が目に入った。

問題文をちゃんと読むことはしなかったが、先頭に書かれた問題番号――〈Q６〉の記述を確認できた。

（14／44）

幽鬼《ユウキ》が隣の部屋に移ると、そこに問題はなかった。白い床と、壁と、天井があるばかりである。

その部屋の中を幽鬼《ユウキ》はうろうろした。ここにもスイッチが隠されているかもしれないから、それを探すため――兼、考え事をするためだった。

とりあえず探してはいるわけだが――果たしてこの部屋にも、スイッチと金庫があると見ていいのか？　この建物には全部で二十五個の部屋があるそうだが、そのすべてに問題が隠されている？　だとすれば全二十五問――いや待て――一部屋にひとつとは限らない。二つ三つと隠されていることもありうる。ともあれ数多《あまた》あるそれら金庫のどれかに、目的のジャージがしまってあるのだろうか？

「いや――そんな単純な話ではないか……」

と、幽鬼《ユウキ》は声に出して言った。

ほかのことはわからないが、それだけは確かに言える。もしそうだとしたら、このゲームの命運を分けるのはどちらが先に正解の金庫に行き当たるのかということ——すなわち単なる山勘のゲームになってしまう。脱出型のセオリーから言っても、これはあくまで〈第一ステージ〉と見るのが妥当だろう。

そんなことを考えているうちに、うろうろしていた幽鬼《ユウキ》の足がスイッチを踏んだ。壁の一部がスライドして、金庫が現れた。そこに書かれていた問題の番号は——

「……17番か」

と幽鬼《ユウキ》は声に出して確かめる。

最初に発見した問題は2番だった。その隣の部屋が6番。そのまた隣にあるのが17番——ちょっと考えてみたが、番号の配置に規則性は見当たらない。完全にランダムに振り分けられているようだ。

幽鬼《ユウキ》は問題に取り掛かった。五十音表を利用するその問題を解き、金庫を開けると、出てきたのはサインペンが一本だけだった。メモだけでなく、こういうアイテムもあるらしい。例によりシャツ一枚の幽鬼《ユウキ》にそれをしまう場所はなかったので、競馬の予想師のように耳の上にひっかけておいた。

それからも、幽鬼《ユウキ》は部屋を回って問題を探した。

とにかく今は、手当たり次第に解いていくしかなかろう、と思ったのだ。ほかの部屋の床にも、スイッチが隠されておりそれを踏むと金庫が出てきた。問題の種類も難易度も場合によりけりだったが、いずれも幽鬼《ユウキ》の頭脳で解けるレベルのもので、一度の誤答もなく、三つほど金庫を開けて中身を回収できた。一つ目は、最初の問題で入手したのと同じようなヒントメモ。〈ヒント5　ジャージを着ずに建物を出ようとしたプレイヤーは射殺される〉と書かれていた。スタート地点の銃器を見ればおのずとわかることなので、重要なヒントとは言えなそうだ。二つ目は手のひらサイズの手帳。問題を解く際に書き込みをするためのものだろう。三つ目はモールス信号の暗号表だった。これを参照しないと解けない問題がどこかにあるものと思われた。

それらの問題があった部屋をさらに探索し、二個目、三個目のスイッチを求めることもしてみたが、見つからなかった。やはり問題は一部屋にひとつなのか——と推測を深めつつ、幽鬼《ユウキ》は新しい部屋に移ってまたスイッチを探す。

「……それにしても」

そこで見つけた四問目の問題を解きながら、幽鬼《ユウキ》はつぶやいた。

この私が謎解きをしているなんてな——と思ったのだ。

賢くなったものだ。昔と比べて。

（15／44）

「――あんた、なんでここに通ってんの？」

　過去、そう聞かれたことがある。

　質問者は仁実《ひとみ》。幽鬼《ユウキ》と同じ夜間学校に通うクラスメイトにして、元プレイヤーの人物だ。場所は、その夜間学校。移動教室の折だったか、あるいはホームルームの前だったか――なにかしらの事情で、周りに誰もいない状況だったと記憶している。だからこそ、一般人には聞かせられないこんな会話ができたのだ。

「え？」と幽鬼《ユウキ》は聞き返す。

「なんで学校に通ってんの？」

　彼女の持ち味たるぶっきらぼうな調子で、仁実は言う。

「プレイヤー続けてるんでしょう？　あんた。私みたいに足を洗うわけでもないのに……学校行く必要ある？」

　ああ、そういうことか、と思う。「あるよ」と幽鬼《ユウキ》は答える。

「プレイヤー続けるにも、最低限の頭はいるだろ」

　通いだして、もう二年近くになる。理由は、まさしく幽鬼《ユウキ》が今言ったところだ。勉強したことが直接ゲームに活《い》かされている――ということはないかもしれないが、昔よりも頭を使って戦えている感じがする。

「そういうもんかしらね……」と仁実《ひとみ》は言って、

「高校、行かなかったの？　それともやめたの？」

とさらに聞いてきた。学期の途中で幽鬼《ユウキ》は転入したので、ストレートに進学したのではないと仁実は知っている。

「行かなかった」と幽鬼《ユウキ》は答える。

「両親が放任主義っていうか、あんまり私に関心ない人でさ……。義務教育だけ済ませたらあとは好きにしろ、って感じで。だからお言葉に甘えて、中学出てからは適当にふらふらしてた」

「へえ……。私とおんなじね」

共感を示すような声色を少しだけ含めて、仁実は言った。

幽鬼《ユウキ》も、それに応えて、少しだけ表情をほころばせた。

ふらふら生きていて、なんとなくプレイヤーになった。

それが、幽鬼《ユウキ》の過去を説明するすべてだ。

なんの背景もない。なんのドラマもない。当時の幽鬼《ユウキ》の人格で、そんなものは生じようがなかった。血筋――なのかもしれない。両親のニヒルな気性を、幽鬼《ユウキ》は色濃く受け継いでいる。プレイヤーを始めてからは完全に疎遠となっているのだが、向こうから動きがあったという話は聞かないし、幽鬼《ユウキ》としても顔を見せに行く予定はない。たぶん、二度と会わないだろう。そうなることに不思議を感じない。

実の家族に対してもそうなのだから、他人に対してはもっとそうだ。半生において、深く関わった人間は二人しかいない。一人は師匠。そしてもう一人は――玉藻《タマモ》。あれが初めてだった。あんなにも他人に接近されたのは。

だから、どうしたらいいか、わからなかった。

わからなかったのだ。

（16／44）

「……あ」

白い部屋の一室にて、幽鬼《ユウキ》はつぶやいた。

その部屋には、幽鬼《ユウキ》が探すまでもなく問題が現れていた。幻影がスイッチを押したのだろう。入った部屋に問題がもうある――これで二回目となる出来事だったが、しかし、にもかかわらず、幽鬼《ユウキ》は少し驚いた。

その問題が、壁ではなく、床についていたからだ。

また、問題の書いてある扉のサイズも、これまでよりひとまわり大きい。金庫の扉というよりは、床下空間へ続くハッチの扉のように見えた。この扉の先に、地下の収納空間ないしは地下通路といったものがあると思われるが、扉が閉まっているために——問題がまだ解かれていないために、その真相をうかがい知ることはできなかった。

幽鬼《ユウキ》は問題に近づき、それを読む。

Q??　この問題は何番の問題であるか？　テンキーで入力せよ。

誤答ペナルティ：この部屋の天井が落下する。

幽鬼《ユウキ》は、自分でもわかるぐらい大きく、眉をひそめた。

まるでわからなかった。いや、聞かれていることはわかる。問題番号を答えよ——この〈Q??〉の部分を埋めろというのだ。わからないのは解法である。問題番号の配置に規則性はないはずではなかったのか？　それを、そんな、〈今何問目？〉みたいなノリで聞かれても困る。

幽鬼《ユウキ》はしばらく考えて、消去法で特定するのかな、と仮説を立てた。一部屋にひとつずつ隠されている問題——これもまだ確定ではないのだが——をすべて見つけて番号を消していき、最後に残ったものをここに入力するというわけだ。なるほどありそうな仮説だが、だとすると今の幽鬼《ユウキ》にこの問題は解けない。幻影も同じように考えて、だから解かずに放置したのかもしれない。

そう結論して、幽鬼《ユウキ》は部屋をあとにした。

隣の部屋に移り、端から端へと床を踏んでいって、またスイッチを探す。

しかし、頭のほうは引き続き、例の問題のことを考えた。あの問題、おそらく重要なものだ。金庫ではなくハッチの扉ということもあったし、誤答ペナルティの気配も違う。〈この部屋の天井が落下する〉――詳細はわからないが、誤答すれば死ぬと見ていいだろう。これまでよりも一段重いペナルティだ。それはそのまま問題の重要度を表しているといえたが、現状解けなさそうなのだから仕方ない、幽鬼《ユウキ》は黙って床を踏みしめる。

考え事をしていたおかげで、体感時間短めに幽鬼《ユウキ》は床を調べ終わった。

だが、スイッチは見つからなかった。

「……あれ？」

おかしいな、と幽鬼《ユウキ》は思った。

これまでの部屋では、毎回、床のどこかにスイッチはあったのだが。もしかしてここでは壁についているのだろうか？　それとも考え事をしながら探したせいで踏み逃した？

その可能性を考え、幽鬼《ユウキ》はもう一度端から床を調べていく。

そんな中、部屋のドアが開いた。

かつん、かつんという足音も聞こえた。幻影が部屋に入ってきたということだ。「おや」と幻影は幽鬼《ユウキ》の姿を認めると、「ごきげんうるわしゅう」と挨拶をしてきた。

「どうも」

と幽鬼《ユウキ》は言い、スイッチを探す足は止めないままで幻影を観察する。

幽鬼《ユウキ》がしているのと同様、幻影は髪のあちこちにメモや小物を結んでいた。彼女も彼女でゲームを進めているらしい。むろんその姿は幽鬼《ユウキ》が想像したものにすぎないわけだから、ゲームを進めているものと幽鬼《ユウキ》の無意識がみなしている、というのが正確な言い方か。

幻影のほうも幽鬼《ユウキ》に観察の目を向けて、

「なにやってんだ？」

と言ってくる。

「そんな、馬鹿みたいに床をドンドンしてさ……」

「……なにって、スイッチ探してんだけど」

床をドンドンするのはやめずに幽鬼《ユウキ》は答える。

その答えに、くくく、と幻影は笑いを返した。いつも通りの侮辱を含んだ笑いだ。なんだよこいつ、と幽鬼《ユウキ》は思う。

「いいのかね、そんな悠長なことしてて」幻影は言う。「ますます差が開いちまうぜ」

「……？」

またしても意味深な発言。しかし、ただのハッタリではなく、裏になにかありそうなニュアンスが感じられる。なんだろう。

その疑問に対する答えらしい答えを幽鬼《ユウキ》が思いつくよりも先に、幻影は動いた。床をドンドンしている幽鬼《ユウキ》の横を通り過ぎ、ドアを開けて隣の部屋に移った。

例の問題がある部屋だった。

ドアが自動で閉まり切るその直前、幻影が問題のそばにしゃがみ込んだのを、幽鬼《ユウキ》は見た。

それが、幽鬼《ユウキ》の興味を大いにそそった。まさか――解けるのか？　気になりすぎて、もはやスイッチを探してはいられなかった。幽鬼《ユウキ》は足を止め、閉まったばかりのドアを再び開けに行って、回答を入力しているらしい幻影の背中を見つめた。誤答ペナルティのことがあったので、部屋には立ち入らず、ドアのそばで監視するだけにとどめた。

三秒もしないうちに幻影は入力を済ませて、エンターキーを押した。

幽鬼《ユウキ》は身を固くした。

が、天井が落ちてくることはなかった。正解を意味しているのだろう心地のいい電子音が鳴り、扉が開いた。

幽鬼《ユウキ》は驚く。いや――自信があるから回答したのだろうし驚くべきことではないが、それでも驚きたい。どうやって解いた？　消去法ではありえないはずだ。幽鬼《ユウキ》の部屋の問題が開けられていない以上、番号をひとつに絞ることはできない。幻影が回答する一部始終を監視していた幽鬼《ユウキ》であるが、肝心の答えは背中に隠れて見えなかった。幻にさえぎられて見えないというのも変な感じだが——とにかく、答えもわからなければ、答えにたどり着いた過程もわからなかった。

幽鬼《ユウキ》が驚いている間に、幻影は扉の向こう——地下空間か地下通路か——へと、両足から降りて行こうとした。

それを見て、まずい、と幽鬼《ユウキ》は思った。

自然と足が前に出た。幻影を追いかけようと瞬発的に思ったのだが——

しかし、そのとき、幻影と目が合った。

彼女の眼光に、攻撃の気配がまぎれ込んでいたことを、幽鬼《ユウキ》は見逃さなかった。

また、扉にかけられていた幻影の片手——指先は扉の影に隠れて見えない——が、わずかに動いたのを見た。

以上のふたつで、これから起きることに察しがついた。さっきと同じぐらいの自然さで幽鬼《ユウキ》は足を止め、踵《きびす》を返し、数割増のスピードで走って来た道を戻った。

その途中——。

じゃらじゃらじゃらじゃらという、鎖が猛烈に擦れる音がした。二本の鎖が擦れ合っているというよりは、折り畳まれているものが伸びていくことで鳴っているという不規則な調子であり――鎖にくりつけたなにかを天井から落としたなら、ちょうどこんなふうになるのではないかと思われる音だった。

幽鬼《ユウキ》がドアを開け、敷居の溝をまたいで隣の部屋に戻ったのと同時、どうぅん、という、体の芯にまで響くような音を聞いた。実際、振動が床から体に伝わってきて、幽鬼《ユウキ》はバランスを崩し、転んだ。床に手をついたままの状態で、首を、体を、後ろに回せるやつから取り急ぎ回していって振り返った。

天井が、落下していた。


（17／44）


そうとしか表現しようのない状態だった。

幽鬼《ユウキ》がさっきまでいた例の問題がある部屋――その床面積いっぱいを、天井が埋め尽くしている。天井が落ちている光景など人生で初めて見たので、幽鬼《ユウキ》はその形容に手こずったが――例えば、珪藻土《けいそうど》のバスマットとか、床に貼り付けられる前のタイルだとか、そういった平べったい石をすごくでかくしたようなものが、部屋の床を全面覆っている状態だ。その巨大な石には、何本かの鎖が取り付けられていた。上から吊《つ》られているのだ。

その鎖が、動いた。

じゃらじゃらじゃらと再び音を立てながら、伸びていく。それにともなって石が吊《つ》り上げられ、元の状態に戻っていく。

そのさまを見逃さないようドアを押さえながら、幽鬼《ユウキ》は考える。誤答ペナルティの通りだ——天井が落ちてきた。なぜ落ちてきたのか？　むろん、誤答をしたからだろう。幻影の策謀だ。すでに開いていて回答は必要ないはずの扉の問題に、さらなる回答を——しかも間違った回答をあえて——入力し、誤答ペナルティを作動させたのだ。幽鬼《ユウキ》を押し潰し、殺害するために。

鎖の音が止《や》み、天井が戻り切った。

元あった白い部屋の光景が現れた。床についているハッチの扉のほかに、物らしい物はなにもない部屋。

その扉は閉じていたのだが、天井が上に戻ったところで、開いた。

幻影が顔を出してきた。幽鬼《ユウキ》に視線を向けてくる。圧死してはおらず、どころか怪我《けが》ひとつ負っていないことを確認したのだろう、はん、と笑った。

「なあんだ——残念」

と捨《す》て台詞《ぜりふ》を残して、再び扉を閉めた。

ちくしょうめ——と幽鬼《ユウキ》は悔しいものを感じながら、部屋に踏み入る。ハッチの扉に近づき、取っ手を引いてみる。が、開かない。鍵がかかっている。金庫の扉は一度解いたらそれっきりの形式だったが、この扉は閉めるたびに施錠されるようだ。さっきの幻影の挙動を見るに内側からなら開くようだが、外側から開けることはできない。

扉の問題に正答しない限り。

しかし――一体、どうやって？


（18／44）


「――やはり、魔方陣でしたか」

別室に、協力者の声が届いた。

例の問題を解いた彼女は、地下に向かっていた。はしごを降りる音に混じって、彼女の声が続く。

「問題番号の並びに、わかりやすい法則があるようには見えませんでしたからね。ほかの二十四部屋の問題番号を控えて、消去法で番号を特定することも考えられますが……しかし、どうやら、すべての部屋に問題が隠されているわけではない。となると、これしかないでしょう」

「話しかけないでって言ったわよね？」

協力者の言葉に割り込むようにして、鈴々《リンリン》が応じた。「うるさいわ」

「？　いえ、独り言のつもりだったのですが……。だってそうでしょう？　鈴々《リンリン》さんは当然、答えを知っているのですから。こちらから講釈するまでもありません」

口の減らない協力者に、鈴々《リンリン》は渋い顔をする。

そんな彼女を、エージェントは横目に見た。

まあ、実際、それで正解なのだ。だからこそ地下に続くハッチは開いた。別の問題を解いたことによるヒントで気づかせる予定だったのだが、まさか手がかりなしで洞察するとは――。

魔方陣――縦横斜め、すべての一列において数字の合計が同じとなる正方行列を指す言葉だ。その合計数は行列のサイズごとに決まっていて、三かける三ならば十五、四かける四ならば三十四、そして五かける五ならば六十五となる。ゲームの舞台には五かける五で二十五の部屋が存在していて、その問題番号は、魔方陣を形成するように配置されている。

また、その性質ゆえ、番号がわからない部分も推理して埋めることができる。だから、例の問題を解くのにほかの番号をすべて知る必要はない。というか、それはもとよりできない設定だ。協力者の言った通り、全部の部屋に問題が隠されているわけではない。例えば、幽鬼《ユウキ》がさっきまで文字通りの足踏みをしていた部屋には、スイッチも問題も用意されていなかった。完全なくたびれもうけである。

誤答ペナルティこそ大きめに設定されているものの――難易度自体はさほど高くもない。

小学生でも解けるなんてことない問題だ。

鷹《たか》の目で状況を見ることができれば、の話であるが。

エージェントは、幽鬼《ユウキ》が映っているモニターに目を向けた。鷹の目で状況を見ることができていないらしい彼女は、扉の前で頭を抱えていた。

「……よかった」

その姿を見て、エージェントはつぶやいた。

ゲームの進行が滞っているのが〈よかった〉という意味ではむろんなく、ペナルティをかわしてくれたのがよかったという意味だ。協力者がわざと誤答を入力したときには、肝をつぶした。幽鬼《ユウキ》の視点からだとその動作は見えないのだから、よもや逃げ遅れてしまうのではと危ぶんだのだが――さすがに熟練のプレイヤーだ。よくないものを感じ取ったらしく、いち早く退散して天井落下のペナルティを避けた。

協力者がプレイしているほうの〈スノウルーム〉にも、誤答ペナルティはある。ただし、あくまでもテスト用のゲームという体なので、ペナルティはすべて模擬的なものだ。電流の罰なら多少ピリッとするだけだし、天井が落下してきてもそれは発泡スチロール製のもので、潰されても死にはしない。

とはいえそれでは罰として成立しないので、ペナルティを受けた際には、小型のものならその場で一分待機、大型のものなら五分待機するというルールを事前に設けてある。相手側のゲームも同じ設定だと協力者は思っていることだろう。ドアの動きから対戦相手——幽鬼《ユウキ》が部屋に入ってきたことを悟った協力者は、それを五分足止めするために、ペナルティを作動させたというわけだ。

幸い、最悪の事態は回避できた。しかし、協力者に先を越されてしまった。このまま幽鬼《ユウキ》が立ち往生を続けたら、差はますます広がってしまう。どうか早く、一刻も早く、問題の解法に気づいてくれ——。モニターの中で頭を抱えている自分の担当を見守りながら、エージェントは祈った。

その念が届いたのかどうか、定かではない。

だが、幽鬼《ユウキ》は頭から手を離して、言った。「……そうか！」

（19／44）

「魔方陣か！」

抱えていた頭から手を離すとともに、幽鬼《ユウキ》は言った。

それしかあるまい。正方に並んだ部屋。数字の推測。そのふたつを結びつける、おそらくは世界で唯一の概念だ。

だとすれば、幽鬼《ユウキ》にも解くことができるはず。幻影がすでに解いている以上、必要な情報──各部屋の問題番号──は出揃《でそろ》っているはずなのだから。

幽鬼《ユウキ》は大急ぎで部屋部屋を回った。各部屋に現れていた問題の番号を、メモの裏側にサインペンで記録していく。作業を初めてすぐに、手付かずのまま放置されている問題がけっこうあることに幽鬼《ユウキ》は気づいた。例の問題を解くため、幻影が出すだけ出しておいたのだろう。

部屋を巡回し終えて、幽鬼《ユウキ》は件《くだん》の部屋に戻った。

メモを広げ、旅の成果物をしかと目に映した。

すぐ問題に取り掛かった。サインペンで白い床に書き込みをして、計算する。

ところで、学校の数学のテストにおいて、問題用紙をぐちゃぐちゃにすることにかけて幽鬼《ユウキ》の右に出る者はなかった。暗算でやれるような計算でも一応書き起こすものだから、すぐ書き込みだらけになってしまうのだ。今回の場合もその資質は遺憾無く発揮された。

なにしろ、急いでいたし、床全体を計算用紙として使えるのだから。

お前は果たして魔方陣を解いているのか、それとも魔法陣を描いているのかと自分でも思うようになったころ、答えが出た。

「……これでいいんだよな……？」

その答えをマルで囲みつつ、しかし、幽鬼《ユウキ》は不安になる。

一刻も早く回答したいのはやまやまだったが、命に関わることだ。幽鬼《ユウキ》は検算した。魔方陣の性質上、各列の合計が同じであれば計算は合っているはず。念のため二回確認したが、たぶん、大丈夫、だと思う。

意を決して、幽鬼《ユウキ》は答えを入力した。

エンターキーを押した。

そして、ドアに向かって飛《と》び退《の》いた。

万が一ペナルティが作動しても逃げられるようにするため――だったのだが、心配は杞《き》憂《ゆう》。正解であることを示す電子音が鳴り、ハッチの扉が開いてくれた。

（20／44）

扉の向こうには、深い縦穴が続いていた。

やはり地下につながっている。照明類は地下にはないということなのか――穴の先は暗く、ある程度行ったところからは完全な暗闇に覆われてしまって、見えない。闇の中にサインペンを落としてみたところ、からんからん、と乾いた音が返ってきた。少なくとも底なしではないようだ。

縦穴の壁面にははしごがついていたので、それをつかんで降りていくことにした。地上から降り注ぐ光を頼りに、一段一段と降《くだ》っていく。地上から見た感じだとたちまち真っ暗闇に陥ってしまいそうな雰囲気だったのだが、地下からの視点だと意外にも視界は良好で、スムーズに降りることができた。

やがて、幽鬼《ユウキ》の裸足《はだし》にひんやりとしたものが当たった。

床についたのだ。

地下に降り立った幽鬼《ユウキ》は、辺りを見渡す。地上の光もここまで来るとほぼ散逸していて、なにも見えない。床を触ると、石畳のようなでこぼことした感触があった。壁のほうも同様だ。地下通路にしては自然味が強すぎるし、洞窟というにも整備されすぎている感じがする。なんとなく、RPGなどに出てくる地下世界のダンジョンを幽鬼《ユウキ》は連想した。

真っ暗闇の中で、やるか、と幽鬼《ユウキ》は決心した。

ひとつ、舌を打ち鳴らした。

クリック音が辺りに響いた。それが天井に、壁に、床に当たって跳ね返ってくるのを、幽鬼《ユウキ》は耳を澄ませて聞き取った。

エコーロケーション。反響定位。幽鬼《ユウキ》の持つ、聴覚にて周囲環境を把握する力だ。現在の幽鬼《ユウキ》にとって、暗闇は暗闇たりえない。先日のゲーム――〈ロワイヤルパレス〉では、目が見えないまま剣を振るい戦うことすらやってのけた。この地下空間には幻影がいるはずであり、音を鳴らし到着を知らせてしまうのはリスクではあったが――それを踏まえても、やらないことには始まるまいと幽鬼《ユウキ》は判断したのだった。

敢行の結果、一本道の通路が続いているとわかった。

その道を幽鬼《ユウキ》は進んだ。しばらく行くと分岐路に突き当たったので、指運に任せて道を選び、また進む。暗闇の世界の中に、クリック音と、幽鬼《ユウキ》の裸足《はだし》のぺたぺたとした足音だけが響く。

考えてみれば、暗闇の中を進むのは初めてのことではなかった。十回目のゲーム――〈スクラップビル〉にて、明かりも持たずに歩く羽目になった記憶がよみがえる。

そして――例の嫌味《いやみ》なお嬢様についての記憶も。

そんなやつもいたなあ、と幽鬼《ユウキ》は思う。あれもある意味では、幽鬼《ユウキ》の人生において深く関わった人物の一人だ。味方よりも好敵手を作るほうがどうやら私はうまいらしい。

今の私を彼女が見たら、なんと言うだろう？　さぞかし激怒するに違いない。

いっそのこと、また現れて、私の横っ面をひっぱたいてくれたら――。

「…………」

馬鹿なことを考えてるな、と苦笑した。

幽鬼《ユウキ》は、丁字路に突き当たった。

左右に道が分かれている。反響音を聞いてみたところ、左側は行き止まりになっていることが読み取れたのだが、あえて幽鬼《ユウキ》はそっちに行ってみることにした。この空間から受けた第一印象――ＲＰＧのダンジョンのようだという印象が、そうさせたのだ。行き止まりとて、ただの行き止まりではないかもしれない。

二十歩と歩かないうちに、壁に突き当たった。

クリック音を鳴らすと、足元になにかあるのがわかった。大きめの箱のようなものだ。上部はアーチ状の構造をとっている。手で触れて確かめてみると、素材は主に木製だが、ところどころに金属の補強が入っているようだ。

ずばり、宝箱ではなかろうか、と思う。

ダンジョンの行き止まりには、宝箱があるものだ。外壁を叩《たた》いて幽鬼《ユウキ》は中身をうかがうが、音がうまく反響せず、いまいちよくわからない。振って確認できまいかと宝箱を持ってみるが、床に固定されているようで動かせない。変に裏道を行こうとするのはやめて、幽鬼《ユウキ》は中身を確認するためのいちばん王道の手段をとる。つまりは、宝箱と思《おぼ》しきそれの、この辺りに錠前かなにかあるだろうという部分に手をやった。

金具らしきものが、指に触れた。

よく触って確認する。鍵穴やダイヤルはない。学生鞄《かばん》やビジネスバッグについているような、ただの留め具だ。ほんのわずかに力を加えてみると、動いた。

開けられるのだ。

その実感が神経を通って手に伝わり、ほとんど手癖といえる調子で、幽鬼《ユウキ》は留め金を外して宝箱を開けた。

——その一瞬後に、危険を感じ取った。

より具体的な兆候——ほひゅう、という風切り音も耳にした。

幽鬼《ユウキ》は、急いで仰向《あおむ》けになった。その体の真上をなにかが通っていき、わずかな風を生み、それが剥き出しとなっていた幽鬼《ユウキ》の両足を撫《な》でた。からん、という乾いた音を立てて〈それ〉が壁に当たり、そして床に落下したのであろう音が聞こえた。幽鬼《ユウキ》は起き上がり、音の方向から位置を特定し、〈それ〉を拾った。光ひとつない暗闇であったが、手触りから正体がわかった。

吹き矢だ。

脱出型のお約束——トラップだった。

「……やっぱりか」と幽鬼《ユウキ》はつぶやいた。

予想はしていた。だから瞬時に反応できたのだ。脱出型にはつきものの舞台装置だし、ダンジョンにもつきもののガジェットだろう。誤答さえしなければ危険はなかった地上の問題とは違い、これからはこういうこともあるらしい。

幽鬼《ユウキ》は宝箱をのぞいた。暗闇なので中身は見えない。幽鬼《ユウキ》はクリック音を鳴らし、さらなる罠《わな》がひそんでいないことを確かめつつ、宝箱に手を入れて中身を取り出した。十秒ほ

どぺたぺたと触ってみると、スイッチがついているとわかった。早速オンにしてみたところ、

周囲が明るく照らされた。

突然の光に、幽鬼《ユウキ》は目をつぶってしまった。

数秒かかって、なんとか目を開けた。

自ら発光して正体を教えてくれたそれは——電気式のランタンだった。

（21／44）

別室にて。

鈴々《リンリン》が、パイプ椅子から尻を離して、立ち上がった。

そして、なにも言わず別室を出て行こうとした。「どこに行かれるので？」とエージェントは問いかける。

「野うさぎを狩りに行ってくるわ」と鈴々《リンリン》は答えた。

たぶん、トイレに行くということの婉曲的《えんきょくてき》表現だろう。一般的にはあまり聞かず、エージェントが耳にするのも初めての言い回しだったが、プレイヤーの世界では——鈴々《リンリン》がプレイヤーをやっていたころには、そんなふうに言っていたのかもしれない。

この建物に水道は通っていなかったが、野外に仮設トイレを用意していた。鈴々《リンリン》はそこに向かい、別室にはエージェントと調達屋だけになった。調達屋――ゲームの関係者にしては珍しく男性だ――は口数が少ないので、空間は嘘《うそ》のように静まり返る。とはいえ、二人ともモニターに注目を向けていたので、気まずさはなかった。

主にエージェントが見ていたのは、幽鬼《ユウキ》の動向を追うモニターである。地上の白い部屋と同じように、地下にもカメラが設置されている。照明がないゆえさっきまでは赤外線のみに頼っていたが、幽鬼《ユウキ》がランタンを手にしてくれたことで、可視光線でもその姿を捉えられるようになった。

やっとか――とエージェントは思う。光源を手にしてくれたという意味でも〈やっと〉だし、地下に降りてくれたという意味でも〈やっと〉だった。これで再び、対戦相手と同じステージに立てたわけだ。

協力者の映るモニターに、エージェントは目を向ける。

先に地下へ降りたのは彼女なのだから、当然、リードしていた。地上に続く第二ステージ――地下のダンジョンを、おおよそ半分ぐらいすでに進んでいる。明かりとしては、地上で手に入れたアイテムであるライト付きのボールペンを使用していた。ランタンは見逃したのだ。豆電球ひとつしかないペンのライトよりランタンのほうが光量は大きく、よってその点では幽鬼《ユウキ》が優位といえるが、しかし、見たところ、協力者が明かりに不足を感じている様子はなく、ゲームの進行度という実際的な優位に比べれば微々たるものでしかない。

「……この差はもう、縮まらないか……」

そうした現実を見据えて、エージェントはつぶやいた。

幽鬼《ユウキ》の奮闘中に不吉なことを言うのはためらわれたが、その事実は否めないだろう。なにしろ、協力者のダンジョンにはトラップがないのだから――。地上の誤答ペナルティ同様、地下のトラップもすべて模擬的なものだ。協力者は幽鬼《ユウキ》に比べて、恐れることなくダンジョンを進んでいける。

それでもまだ、幽鬼《ユウキ》に勝機があるとすれば――。

地下の奥深くにある、最終問題にしかないだろう。

彼女の直感が働かないことに期待するしかない。どうかあのことを見落としてくれ、とエージェントは思う。

「――それにしても、凝ってますね」

モニターの中で協力者が言う。

「こんな地下空間まで用意して、かなり本格的だ……。これと同じ舞台がもうひとつあるそうですけど、一体、準備にいくらかかったんです？」

またか、とエージェントは思った。鈴々《リンリン》が再三警告しているにもかかわらず、協力者はこちらにたびたび話しかけてくる。鈴々《リンリン》がいくらすごんでもびびらないのだ。

「お静かにお願いしますよ」

鈴々《リンリン》の代わりにマイクを取って、エージェントは呼びかけた。

「おや。その声は確か……雪名《セツナ》さんのほうですか？」

と協力者は反応した。

協力者はエージェントの声を知っている。彼女を誘うときに顔を合わせていたし、多少の会話もしていたからだ。むろん、幽鬼《ユウキ》のエージェントであるという素性は伏せ、雪名《セツナ》の名前――今のエージェントにとっては偽名だ――を名乗っていた。

「雪名《セツナ》さんがお答えになったということは、鈴々《リンリン》さんは不在ですか？」

協力者の質問に、エージェントは答えない。

「どのぐらい不在なのですか？　単にお手洗いに行っただけなのか、それともお帰りになったのか……。もし時間に余裕がありそうなら、どうです、少し話しませんか？　鬼のいない間に」

自分の冗談に、協力者は自分で笑った。

エージェントは笑わない。無言を貫き、拒否の意思を伝える。

「つれないですね」

と協力者は、それでも言葉を続けた。

「じゃあ、一人で勝手に喋《しゃべ》らせてもらいますよ。……いやはや、この仕掛けなんかも、じつに物騒で本物のゲームらしい設計だ。対戦相手の方は大丈夫なのかな……？」

「ですから、ゲームに集中して――」

と、そこまで言ったところで。

エージェントの口が、止まった。

「……今、なんとおっしゃいました？」と聞く。

「ですから、対戦相手は大丈夫なのかと」協力者は言う。

「なにゆえ――そんな心配をするんですか？」

エージェントは自然と早口になっていた。自分から会話をしに行ってしまったという失態に気づいたが、もはや手遅れだった。

協力者はくっくっと笑ってから、答える。

「それを聞きますか？　語るに落ちているようなものですよ」

その通りだ。このゲームが本当にただの練習用で、テストプレイで、身の危険は全然ないというのなら、こんなふうに反応してしまうのはおかしい。落ち着け、とエージェントは自分に言い聞かせる。

「正直――話が変だなとは思っておりました」と協力者は語る。

「ただのテストプレイではないのかもしれない、なにか裏があるのかもしれない……そう感じていたのですが、やはりそうなのですね？」

　エージェントは再び黙った。これ以上、協力者に手がかりを与えてはならないと思ったのだ。

「どうでしょう？　ここいらで、お互いに手札を開き合うというのは。このゲームの真の内幕を、私に教えてください。そうしていただければ、私からもお話しできます。どうして対戦相手のゲームだけが本物だと思ったのか」

　やはり、気づいている。相手側のゲームは命懸けのものだということ——このゲームに隠された裏があるということに。

　協力者はどこまでわかっているのだろう、とエージェントは考える。〈手札を開け〉というからには、すべてを悟っているわけではないようだが——。とにかく黙らねば、と思う。さもなくば、全部台無しになってしまうかもしれないのだから。

「拒否……ということでしょうか」

　エージェントの無言をそういう意味に解釈したようで、協力者は言う。

「でしたら……そうですね。先にこちらから、もう一枚カードを開きましょうか。もしかしたらそれで、お気が変わるかもしれませんから」

　協力者は一呼吸置いて、続けた。

「現在私が戦っているのは、プレイヤーネーム・幽鬼と呼ばれる人物。間違いありませんね？」

（22／44）

エージェントはますます動揺した。

なぜわかった？　裏があるかもしれないと疑われるのは理解できる。テストプレイだという説明はちょっと無理があるかもしれないと、エージェント自身思ってもいたからだ。しかし、幽鬼《ユウキ》の名前が出てくる謂《いわ》れはないはずだ——。

「じつを言えば、そのことは初めからわかっていました」

協力者の声が、忘我にあったエージェントの耳に届く。

「鈴々《リンリン》さんから話を持ちかけられた時点で、幽鬼《ユウキ》がらみの話だろうと当たりをつけていたんです」

「……？　なぜですか……？」

好奇心が優《まさ》った。決意を破り、エージェントは言葉を発してしまった。

「幽鬼《ユウキ》から、鈴々《リンリン》さんのお名前をうかがっていましたので。半年ぐらい前でしょうか……」

「……幽鬼《ユウキ》と会っていたんですか？　プライベートで？」

「ええ。彼女から聞いてませんでしたか？」

聞いてない。初耳だ。専属の付き人とはいえ、プライベートの交流にまで干渉はしない。

「それが唯一の誤算でしたね」と協力者。

「そして、致命的な誤算でもある。鈴々《リンリン》さんも雪名《セツナ》さんも、私とは初対面だとばかり思っていた。しかしそのじつ、鈴々《リンリン》さんと幽鬼《ユウキ》の関係を私は知っていた。過去に師事をしたことがあるのだと」

「…………」

「その鈴々《リンリン》さんが私を訪ねてきたとなると、これはもう、偶然とは思えませんよね。私と鈴々《リンリン》さんの接点は、幽鬼《ユウキ》ただひとつなのですから……。やつに関する話だろうと考えるのが自然だ」

エージェントはなにもできなかった。勝手にしゃべるなと要求することもできなければ、その逆に先をうながすこともできない。協力者の言葉をただ聞くだけの地蔵となる。

「でも、話を聞いてみると、どうも様子が違う。練習用のゲームのテストプレイをしてほしい？　……おいおい、そりゃないだろう、と思いましたね。自分で言うのもなんですが、そんなことで私ほど・・・の人間を呼ぶとは思えないですし……そもそもゲームの設定も妙だ。どうしてわざわざ会場をふたつ作って状況をリンクさせるんです？　同じ会場でプレイすればいいでしょう。そうまでして対戦相手を隠そうとする意味は？」

もちろん、その辺りの瑕疵《かし》はエージェントもわかっていた。しかし、うまく説明をつけられる作り話はひらめかなかったのだ。

「なにより、幽鬼《ユウキ》の名前が出ないことも甚だおかしい。対戦相手というのはおそらく幽鬼《ユウキ》なのでしょうけど……それを伏せるのはなぜ？　疑問だらけだ」

「……じゃあ、どうして……」エージェントは言う。

エージェントの記憶では、協力者は二つ返事で引き受けてくれたはずだ。疑問だらけに感じていた素振りなど微塵《みじん》もなかったはず。

「あえて聞かぬことにしたのですよ」と協力者は答える。

「鈴々《リンリン》さんと雪名《セツナ》さんの気配からするに、わけありのようでしたからね。野暮《やぼ》はせぬことにして、けれど、推測は立ててみることにしたのです。そして考えがまとまったら、どこかのタイミングでぶつけてあげたいと思った。それが今、このときですよ」

「……もしかして、ずっとしゃべっていたのは、このための前振りですか？」

「ええ。鈴々《リンリン》さんではなく、あなたが出てくれるのを待っていたんです。鈴々《リンリン》さんは話を聞いてくれなさそうでしたからね。彼女が席を外しているタイミングが欲しかった」

すると、エージェントは決してマイクを取るべきではなかったのだ。油断していたと言わざるを得ない。自分が元プレイヤーを相手にしていることを——命懸けの世界でやってきた人物が相手だということを——忘れていた。

「さて……私の推測をお話ししましょうか？」と協力者は言った。

（23／44）

「前提として……とりあえず、対戦相手は幽鬼《ユウキ》であるものとしました。そうでないとすれば、事情がなんだろうがどうでもいいですからね……。そう考えても差し支えはない。どうやら私は幽鬼《ユウキ》と戦っているらしい。しかし、会場を分けるのはなぜなのか？　そうすることのメリットは？　出会うとまずいことがある？　あるいはなにかしらの理由で、直接会えない場所にいるとか？」

　協力者は続ける。

「いろいろ考えたのですが……向こうのゲームが〈本物〉である、という仮説がいちばんしっくりきました。私がプレイしているのは練習用のものですが、幽鬼《ユウキ》がプレイしているのは命懸けの本物。それなら会場を分けるのも頷《うなず》けますし、事情を伏せるのも頷けます。幽鬼《ユウキ》を殺《あや》めるかもしれないとなれば、私がこの話をお断りするか、あるいは受諾しても手を抜いてプレイする恐れがありますからね」

　大当たりだ、とエージェントは思う。

「向こうは命懸け。それは真実と捉えてよさそうだ。すると次の疑問――幽鬼《ユウキ》はなぜ、そんな目に遭っているのか？　これが運営主導のゲームでないことは間違いないでしょう。

プレイヤー数たった二人のゲームというのはあまり聞きませんし、衣装らしきものもありませんし、私を訪ねてくるのは黒服を着込んだエージェントたちであるはずでしょうから」

協力者を訪ねる際、エージェントは素性を隠すためいつもの黒服を着なかった。また、幽鬼《ユウキ》の格好に合わせて服を脱いでもらうのも申し訳ないため、協力者には普段着でゲームをしてもらっている。脱出に必要なアイテムもジャージではなく王冠という設定である。宝探しのゲーム、ということにしてあるのだ。

「これは私的に行われているゲームだ。間違いない。しかしなぜ、そんなものが行われたのか？　……最初に考えたのは、復讐《ふくしゅう》、ということでした。テストプレイだと思ってゲームをしていたら、知らず知らずのうちに他人を殺してしまう……という設定には、悪意が感じられますからね。私と幽鬼《ユウキ》の両方に恨みのある何者かが、考えうる限り最もいやらしい手段で両方を殺害しようとしている」

エージェントはどきりとした。確かに、状況からすると、そうとしか思えないだろう。

しかし協力者は「それはないでしょうね」と続ける。

「納得感のある仮説ですけど、それにしては鈴々《リンリン》さんにも雪名《セツナ》さんにも、毒気がなかった。私を騙《だま》そうというふうではない。お二人も真実を知らない――という可能性もありますが、とするとあの真剣な雰囲気に説明がつきませんし……。なによりの決め手は、私のプレイヤーとしての直感が、危険を報告してこないことです。老いさらばえた今でも、我が身に迫る危険ぐらいは察知できると自負しております。それがないのなら、悪意ある話ではないのでしょう。命懸けでありながらも、善意で行われているゲームだ。お二人の善意で――あるいは幽鬼《ユウキ》が自らお二人に要請して、このゲームは行われた。しかし――」

協力者は、四回目の「なぜ？」を放った。

「一体全体、なにを目的にやっているのか？　これほどの設備を、しかもふたつ用意するとなると、決して少なからぬ手間も資金もかかったはずです。そこまでして模擬ゲームを実施する目的とはなにか？　それだけの物資を注ぎ込むほどの重大な問題が、幽鬼《ユウキ》の身に起きているのか？　――そう思ったとき、彼女の弟子のことが頭に浮かびました」

「な……」エージェントは声を詰まらせてから、「それもご存知《ぞんじ》なのですか？」

「ええ。幽鬼《ユウキ》から聞いています。やつは人間関係というものが大の苦手ですからね……。彼女にまつわるなにかで、重大な問題が起きた可能性がある。それを踏まえてこのゲームを見つめ直してみると、設定に注目すべきところが見つかりました。互いの進行状況を、ドアの開閉や足音ひとつに至るまで同期させるという点です。やけに作り込まれている。あたかも、もう一人のプレイヤーが本当にいて、空間を動き回っているかのように見せたいという意志を感じます。……となると……これはいささか、突拍子もない説なのですが……」

聞く者の注意を惹《ひ》きつけるような間を開けてから、

「……亡霊を見ている、というのはどうでしょう？」

と協力者は言った。

「例えば……直近のゲームにおいて幽鬼《ユウキ》は、自分の弟子と直接対決をした。彼女を手にかけて生き残ることはできたが、弟子を亡くした喪失感に耐えきれず、その亡霊が見えるようになってしまった。だから亡霊と、空想の世界でゲームをして、幽鬼《ユウキ》なりのけじめをつけようとしている……」

協力者は笑った。自分の発言におかしみを覚えたようだ。

「……なんていう推測は、ロマンチックすぎますかね？」


（24／44）


とんでもない、とエージェントは思う。

ほとんど正解だ。最後の最後で少しだけ道をそれたが、大枠において――予測のいちばん難しいであろう大枠において、当たっている。

「どうでしょう。どのぐらい芯を食っていますか？」と協力者は聞いてくる。

どうする、とエージェントは思う。ここまで長く聞いたからには、こちらからも一言ぐらい答えるべきかという気持ちについなってしまっているが――現在の自分の使命は、模擬ゲームの管理だ。そのためにはあくまでも否定すべきか？　さすれば彼女はゲームを続けてくれるだろうか？　そんなわけない。でも、認めたとて状況は同じだ。どうする。どうすれば――。

「……もし、そうだとしたら――」

――どうするおつもりなのですか？

と、エージェントは聞こうとした。

しかし、そうはできなかった。

「なにしてるの？」

その声が聞こえた瞬間、エージェントは死を覚悟した。

鈴々《リンリン》が戻ってきたのだ。つかつかとこちらに歩いてくる。表情こそ平時と変わりなかったが、鬼か悪魔かなにか恐ろしいものの幻覚がその裏に見えた。幽鬼《ユウキ》の気持ちが少しだけわかるようになったエージェントは、マイクから手を離し、モニターを離れた。

そして、鈴々《リンリン》が代わりにマイクを手に取る。

「どういうつもり？　あなた」と協力者に言った。

状況を把握しているらしい。別室の外にまで会話が聞こえていたのだろう。

「どういうつもり、とは？」協力者は答える。

「彼女に探りを入れていたことよ」鈴々《リンリン》はエージェントに横目を向ける。「詮索はするな、と言ったはずよね。死にたいの？」

「おや……いけませんでしたか？」協力者はとぼける。「私はあくまで、真面目にゲームを進めていたつもりですが。対戦相手の素性を——このゲームの内幕を知ることができれば、私に有利に作用するかもしれませんからね。少しでも手を抜いたら殺す、と言われたものですから……当然、機会があればそう・し・な・け・れ・ば・な・ら・な・い・ものと考えておりました。いやはや、過ぎたことをしてしまい申し訳ない」

屁理屈《へりくつ》だ、とエージェントは思う。

ゲームを有利に進めるなんて、そんな目的ではなかったはずだ。単に推理を披露したいから、ただ真相を知りたいからしゃべった。それだけのはずだ。

「心配せずとも、ゲームは続けますよ」と協力者は言う。

「引き続き、油断なく取り組みます。対戦相手が幽鬼《ユウキ》だったとしてもね」

「……いいわ」と鈴々《リンリン》は言う。

「でも、これっきりにしてね。次はないわ」

「御意」

モニターの中で、協力者は肩をすくめた。

その仕草を見て、エージェントは思う。この人に頼んだのはまずかったかもしれない――いくら彼女が、最もふさわしい相手だったとはいえ。

(25/44)

幽鬼《ユウキ》は、ダンジョンを進む。

(26/44)

あの吹き矢のあとも、たびたびトラップが幽鬼《ユウキ》を襲った。身を裂くワイヤーが張られていることもあれば、再び吹き矢が飛んでくることもあれば、壁から火炎が放射されることもあれば、天井が一部落下してくることもあった。ゲームもいよいよ佳境ということだろう、物騒な雰囲気を帯びてきたものだが、とはいえ、こういう殺す気満々のやつのほうが幽鬼《ユウキ》の得意分野だ。小さな怪我《けが》ひとつなくすべてかわした。

そうしながら進んでいくと、壁に突き当たった。

ただの壁ではない。素材こそ周囲の壁と同じだったが、真ん中に切れ込みが入っている。これは、扉なのだ。しかし取っ手やドアノブはなく、その代わりに、いつものやつがついていた。

Q．☆△○＋△☆□＝□△□☆のとき、○に入る数字は？

誤答ペナルティ：あなたの腕は切断される。

問題文の下には、穴が空いている。

腕を通せそうなぐらいの大きさをした穴である。奥をランタンで照らしてみたところ、テンキーがついているのが見えた。ここに腕を突っ込んで回答せよということだろう。

穴の周りには、人の顔を模した彫り物がしてあった。怒っているような、または逆に怯《おび》えているかのような、穏やかならぬ表情をした顔である。その口の部分に穴は空いていた。腕を突っ込めば、ちょうどその顔に腕を食われる格好になる。

「……真実の口、って言うんだっけ……」

と幽鬼《ユウキ》はつぶやいた。

確かそうだったはずだ。ローマだかどこかの教会にある人面の彫刻で、半開きの口に嘘《うそ》つきが手を突っ込んだら食いちぎられるという伝説がある。ローマには行ったことのない幽鬼《ユウキ》だが、なにしろ有名な文化財なので、そのレプリカをいろんなところで見かけたことがある。軽はずみに手を差し入れてみた経験も一度や二度ではない。しかし、そのときと同じようにしてみる気にはなれなかった。

誤答ペナルティ——あなたの腕は切断される。

これは、伝説通りのやつだと思っていいのだろう。穴の中にギロチンでも仕込んであって、回答を間違えればストンとやられてしまう。

が、幸いにも答えがわかったので、その伝説を体験してみることはできそうになかった。幽鬼《ユウキ》は左腕を穴の中に差し入れて、テンキーを触る。腕を入れてしまうとキーは見えなかったが、ボタンの数字が浮き彫りにされていたので、手触りでどれがどれなのか知ることができた。幽鬼《ユウキ》は急いで、だがそれでいて慎重に、答えとなる〈8〉を入力してエンターキーを押した。

ギロチンが落ちてくることは、なかった。

ずごごご、と音を立てて、壁がゆっくりと横に動いていった。そのせいで腕もろとも幽鬼《ユウキ》は横に引っ張られ、あわてて腕を抜く。

やがて扉は全開となり、道が現れた。

その道を幽鬼《ユウキ》は進んだ。扉のあった地点を通り過ぎると、ずごごご、とまたもや音を立てて、扉が自動的に閉まっていく。それが閉じ切るのを待たず、幽鬼《ユウキ》は先へ行く。

進んでいくと、またしても扉が現れた。

問題がついているのも、人面の彫刻があるのもさっきと同じ。第二問だ。その問題にも幽鬼《ユウキ》は無事正しい回答を入力し、先に進む。さらに三問目、四問目と、問題をこなしていきながら、暗闇のダンジョンを進んでいく。

そのかたわら、考える。

どこにトラップがあるかわからない環境で気を散らすのは危険なのだが、どうしても考えてしまう。このゲームの影の立役者――幻影の代役を担当している、対戦相手についてである。

それは一体、誰なのか？

最初に思いついた候補は、鈴々《リンリン》だった。しかし彼女は全盲である。問題文を読まねばならないこのゲームには向いておらず、点字や音声ガイダンスで補填《ほてん》したとしても、幽鬼《ユウキ》に有利すぎる設定となってしまう。彼女には無理だ。幽鬼《ユウキ》のエージェントおよび調達屋は、そもそも本職のプレイヤーではない。代役を務めるには足りないだろう。幽鬼《ユウキ》の知る関係者に候補は一人もいない。

つまり、誰か呼んだはずなのだ。

ゲームの舞台同様、もう一人のプレイヤーも用意した。誰を呼んだ？　そんじょそこらのプレイヤーじゃだめだ。自分で言うのもなんだが、六十二回クリアのプレイヤーを脅かすほどの幻影である。鈴々《リンリン》クラスの腕前がなければならない。その条件を満たす候補というと――鈴々《リンリン》が白羽の矢を立てそうな人物というと――一体誰であろうか？

藍里《アイリ》や真熊《マグマ》のような、現役で腕の立つプレイヤーか？

それとも、仁実《ひとみ》や古詠《コヨミ》のような、引退済みのプレイヤーだろうか？

ひょっとしたら御城《ミシロ》やその弟子が地獄から出てくるかもしれないとさえ、一時は考えた。

しかし、最終的に、あるひとつの可能性に幽鬼《ユウキ》の結論は固まった。その人物に、届くはずもない問いを幽鬼《ユウキ》は投げかける。

「……まさか、あなたじゃないでしょうね？　師匠」


（27／44）

白士《ハクシ》は、最終問題にたどり着いた。

（28／44）


ダンジョンの奥深くに、宝箱があった。

金色に塗られている。白士《ハクシ》の持つペンのライトを跳ね返し、ぴかぴかと輝いている。これまでにもいくつか宝箱を発見したが、あんなのを見るのは初めてだった。ほかとは明らかに違う。おそらくは最終目標——脱出に必要な王冠をしまってある宝箱だ。

その前方に、白士《ハクシ》は立っていた。

「なに、ぼうっと突っ立ってるの？」

イヤホンを通じて、鈴々《リンリン》の声が耳に届いた。

「さっさとゲームを進めなさい。まさか手を抜いているのかしら？」

辛辣な言葉である。さっきの〈あれ〉のせいで、鈴々《リンリン》の発言にはいっそうの棘《とげ》が見られるようになっていた。「本気ですよ」と白士《ハクシ》は答える。

「どうやら最後のようですし、慎重になろうと思ったのですよ。プレイヤーなら誰でもそうするでしょう？」

「……ふん」

鈴々《リンリン》は、たぶん、わざと聞こえるように鼻を鳴らした。

白士《ハクシ》は笑いを噛《か》み殺《ころ》すのに必死だった。私にこんな態度を取れる業界人は、今も生きてるのだとこの人ぐらいのものだろうな、と思う。

鈴々《リンリン》。プレイヤーの世界では古参であった白士《ハクシ》よりも、さらに前の世代に活動していた人物。会うのは今回の一件が初めてであり、直接先輩後輩の関係にあったわけではないが、世代の違いから来る上下関係が両者には作用していた。なので、白士《ハクシ》は敬語を強いられているし、その逆に鈴々《リンリン》はずっとあんな調子である。こうも高圧的にものを言われるという経験は久しくしておらず、白士《ハクシ》は愉快に感じていた。

これだけでも、この話に乗った甲斐《かい》があったというものだ。

鈴々《リンリン》と雪名《セツナ》から訪問を受けた際、白士《ハクシ》はたいそう驚いた。そういうことは――現役時代ならともかく――引退してからはほとんどなかったからである。九十五回クリアという華々しい記録を保持する白士《ハクシ》であるが、その名前は意外にも知られていない。〈キャンドルウッズ〉以後、プレイヤー層が大きく入れ替わったため、令名も消《き》え失《う》せてしまったのだ。

しかも、訪問者の一人は鈴々《リンリン》だ。過去に幽鬼《ユウキ》が師事をしたらしい人物。となると幽鬼《ユウキ》がらみの案件だろうか――という予想を白士《ハクシ》は立てたのだが、話を聞いてみるとゲームのテストプレイだという。平和的すぎて、裏があるのではと勘繰らないではいられなかったが、あえてなにも聞かずに引き受けてみようと思い、ここにいるというわけなのだった。

白士《ハクシ》は、金色の宝箱に近づいた。

道中にあったほかの宝箱と、見たところ大きさは同じ。違うのは、金色に塗られていることと――その前壁に、問題文が書かれているということだった。

Q．地下の入口からここまでの最短経路を、すべて足し合わせて入力せよ。
誤答ペナルティ：宝箱の周囲が崩落する。

誤答ペナルティの項を読んで、白士《ハクシ》は目を細めた。

それから、ペンのライトを四方八方に向けて、辺りを見渡した。

ずっと見えてはいたものの、あえて注目を向けなかったものを見た。――宝箱周辺の床が、ガラス張りになっている。ライトで照らしてみると、ガラスの下に空間が広がっているのが見えた。〈落とし穴〉ということだろう。もし誤答すれば、足元いっぱいを覆うこのガラスが崩落し、白士《ハクシ》は奈落に落とされる。

「……そうなれば、終わりか」と白士《ハクシ》は言う。

落とし穴がどのぐらい深いのか、ペンの明かりだけではよくわからなかったが――どうあれ一度落ちてしまったら、もう這《は》い上がることはできないだろう。そんな芸当をこなせるだけの力を、白士《ハクシ》の肉体は備えていない。だからこそプレイヤーを引退したのだ。

九十回以上のゲームをこなしてきた歴戦のプレイヤー――白士《ハクシ》。その肉体はもう、まともな運動能力を期待できないほどに弱っている。この〈スノウルーム〉は謎解きが中心ゆえになんとかこなせているが、本来ならゲームに参加できる体ではない。もし誤答すれば、それまでだ。むろん、しかるべきのちに救出してはもらえるのだろうけど、ゲームからは事実上の脱落となってしまう。

誤答はできない。なんとしても一発で正解しなければならない。

白士《ハクシ》は、問題文をよく観察した。

地下の入口からここまでの最短経路を、すべて足し合わせろ。一見しただけでは真意のわからない言い回しだ。これまでの道中に数字らしきものはなかったし、道の長さを測るにしても、メートルで入力するのかセンチで入力するのかもわからず、そもそも計測するための道具もない。

とりあえず最短経路を確認してみるか、と思い、白士《ハクシ》は地図を取り出した。

地図である。宝箱のひとつに入っていたアイテムで、ダンジョンの俯瞰図《ふかんず》が描かれている。最短経路を白士《ハクシ》は指でなぞって確認したが、特に数字の形が浮かび上がってきたりはしない。地図に数字が書き込まれているなどということも当然ない。ペンのライトで照らしつつ、白士《ハクシ》はさらによく地図を観察して――

その地図が、二十五の区画に分かれていることに気づいた。

よく見ると、地図上に点線が入っている。縦と横に、等間隔で四つずつ。地図全体は五かける五で、二十五の区画に分割されている。その図案が連想させるもの――ひいては、それに対応する数字を白士《ハクシ》は知っていた。

「地上の魔方陣か」

と白士《ハクシ》は声に出す。

そうだ。あの数字を再利用するのだろう。地下の入口からここに至るまでの最短経路を俯瞰し、地上の魔方陣と照らし合わせて、経路上の数字をすべて足し合わせて入力。それが解法であろう。

白士《ハクシ》はメモを取り出した。

その裏側には、地上で計算した魔方陣の配列を書き留めてあった。ここまで情報が出揃《でそろ》っていれば、あとは単純な足し算でしかない。十秒もかからずに白士《ハクシ》は暗算を済ませ、その答えをテンキーで入力した。

そして――エンターキーに指をかけたところで、一時、止まった。

誤答を恐れたわけではない。回答が正しいことを白士《ハクシ》は確信していた。この手の謎解きでは、正解のときには〈これだ〉という手ごたえがあるものだ。その感覚が確かにあった。解法も計算も間違いなく合っている。

だから考えていたのは――正解してしまってもいいのか、ということだった。

この宝箱の中に、おそらく最終目標の王冠はある。それを回収して建物を出れば、白士《ハクシ》はゲームクリア。対戦相手はゲームオーバーとなる。対戦相手というのが本当に幽鬼《ユウキ》なのか――幽鬼《ユウキ》のプレイする〈スノウルーム〉は命懸けの本物なのか――その辺りの事情を聞き出すことは結局できなかった。白士《ハクシ》が雪名《セツナ》に語ってみせた推理の確信度については、自分でも半信半疑といったところだ。しかし半分は信じているのである。このままいけば、取り返しのつかないことになる可能性は十分にあると白士《ハクシ》は見ている。

それでも、このエンターキーを押すべきだろうか？

「…………」

白士《ハクシ》は少しだけ考えて——そんな自分に、笑みをこぼした。

馬鹿な検討をしてしまったな、と思う。それなりに長い付き合いだからだろう、幽鬼《ユウキ》に情が移っているらしい。白士《ハクシ》のすべきこと。そんなのは決まっている。ゲームを全力で続けることだ。自分の推理が当たっているかは果たしてわからないが——仮に当たっていたとしても、このゲームの開催は幽鬼《ユウキ》の意思によるものだ。ならば、その舞台装置として、役割を全うしてやるまでである。

たとえそれが、元弟子を死に追いやる選択だったとしても——。

いいさ、死ね、と思う。

それが望みなら、そうしてやる。ここで骸《むくろ》となるがいい。

白士《ハクシ》はエンターキーを押した。液晶に打ち込まれていた回答が、消えた。

そして——。

けたたましいブザー音が、辺り一帯に鳴り響いた。

（29／44）

けたたましいブザー音が鳴った。

「……!?」

幽鬼《ユウキ》は驚いた。

暗がりで突然音がするというだけでもびっくりするのに、それが大音量のブザーだというのだから、驚きもひとしおだった。

なんだなんだ、と思う。まるで緊急のスイッチを押したみたいな音だ――。もしかして、やられたのか？　幻影がジャージを見つけてしまった？　この音はそれを報告するためのもの？　幽鬼《ユウキ》の心に突発的な焦りが生まれる。

しかし、あいにくにも、幽鬼《ユウキ》は停滞を強いられているのだった。扉の問題――これで五問目となる――を解いている最中だったためだ。

Q．下記の迷路において、ゴールに繫《つな》がっている入口は〈A〉～〈D〉のうちどれか？

誤答ペナルティ：あなたの腕は切断される。

問題の下には、迷路が描かれていた。

小学校の休み時間に男子がせっせと描いているような、細かいやつである。迷路の中には〈GOAL〉と書かれた領域があり、迷路の端には四つの入り口――それぞれに〈A〉

から〈D〉の記号が打たれている——があった。このうちひとつだけがゴールに繋《つな》がっているので、それを特定して入力しなければならない——。要するに、時間をかければ絶対に解けるが時間がかかるタイプの問題だ。まんまと幽鬼《ユウキ》は足止めを食らっていた。

ブザー音は、扉のすぐ前方から聞こえている。音の発信源は近い。たぶん、これが最後の扉なのだろう。その問題が時間を食うばかりでなく選択問題——当てずっぽうでも正解できるかもしれない問題——だということに、幽鬼《ユウキ》は作問者の悪意を感じた。まさしく今、こういうシチュエーションになることを予想して、あえて選択式にしておいたのだろう。急がせるために。当てずっぽうをさせるために。

「——……」

幽鬼《ユウキ》は、人面彫刻の口に突っ込まれている己の左腕を見た。

決断は早かった。幽鬼《ユウキ》は想像の中で左腕を切り捨て——確信のないままに〈D〉を入力した。

そして——想像は現実のものとなった。

「※※※※※……っ!!」

声にならない声をあげて、幽鬼《ユウキ》は床をのたうちまわる。

初めてのことではなかった。手足を切断したことは数え切れないほどあるし、左腕に限ってもこれで数度目だ。だが、その痛みにはいつまで経《た》っても慣れない。人類である限り慣れる日は来ないだろう。それでも、幽鬼《ユウキ》は一般人に比べればすばやく立ち上がり、落としてしまったランタンを拾い、壁を照らした。

真実の口から、白いもこもこが溢《あふ》れ出していた。

切り落とされた幽鬼《ユウキ》の左腕から溢れたものである。幽鬼《ユウキ》は、いまだ口の中に収まっていたそれを、なるべく内部組織を壊さないよう慎重に引っ張って取り出した。通路の端に左腕を置いておき、残り一回となってしまった回答権――右腕を差し入れて、〈C〉を入力。

そっちについても確信はなかったのだが、幸いにも正解だったようで、扉が開いた。

もうブザー音は鳴《な》り止《や》んでいた。

幽鬼《ユウキ》は、急いで走った。

途中、幽鬼《ユウキ》の不注意を責めるかのように、天井からトラップの槍《やり》が降り注いできた。かわそうとした――のだが、それでもいくつかの切っ先が幽鬼《ユウキ》の身を裂いた。傷口から白いもこもこをこぼれさせながらも、幽鬼《ユウキ》は速度を落とさず走った。

まもなくして、突き当たりにたどり着いた。

（30／44）

まず、幽鬼《ユウキ》の目に飛び込んできたのは、宝箱だった。金色に塗られており、幽鬼《ユウキ》の持つランタンの光を強く跳ね返している。幽鬼《ユウキ》はそれに近づこうとするのだが——

しかし、その手前で、石畳の床が途切れていた。

「うおっ……」

と声を漏らしつつ、幽鬼《ユウキ》は立ち止まる。

ランタンを前に掲げて、よく観察する。

幽鬼《ユウキ》の真前で床が途切れていて、穴となっていた。

暗がりかつ片目の視界であるがゆえ、その深さを測るのは難しかったが——およそ十メートルぐらいだろうか。もとから穴だったわけではないようで、幽鬼《ユウキ》が左右に視線を振ると、ガラス板が両側の壁にくっついているのが見えた。元々はあれが床の役割を為《な》していたのだろう。しかし、なんらかの理由でぱかっと左右に開いて、床上にいた者を穴の中に突き落とした。すなわちこれは〈落とし穴〉だ。

その仕掛けにかかったらしい間抜けも、見つけることができた。

「——よう、本体どの」

見知った顔と声が、幽鬼《ユウキ》に言葉をかけてきた。

幽鬼《ユウキ》の幻影である。彼女は穴の中にいた。石造りの壁をよじ登り、落とし穴からの脱出を試みている。

幽鬼《ユウキ》は挨拶を返すことなく、

「なにがあったの？」

と単刀直入に聞いた。

「見りゃわかんだろ。……しくじったのさ」

そう言って、幻影は上の方に目を向けた。

その視線の先には──幻影の頭上に位置するそこには──金色の宝箱があった。

宝箱は、よく見ると奇妙な状態になっていた。床のガラスが落ちているのにもかかわらず、落下せずその場に留《とど》まっているのである。さらによく観察してみると、その謎が解けた。宝箱の側面や底部の何ヵ所かに、固定用の金具が取り付けられている。壁に固定されているのだ。

また、宝箱になにか書かれているのが見えた。幽鬼《ユウキ》の立ち位置から宝箱までの距離──すなわち落とし穴は二メートル四方もないぐらいだったので、二行からなるその文章を確認することは容易だった。

Q．地下の入口からここまでの最短経路を、すべて足し合わせて入力せよ。
誤答ペナルティ：宝箱の周囲が崩落する。

問題である。

真実の口の扉や地上の金庫と同じように、問題を解かないと開かないタイプのようだ。

解法について幽鬼《ユウキ》は検討してみる。しばらくして、魔方陣を使うのかな、というひらめきを得た。ここに来るまでの道のりを俯瞰して、経路上にある地上の部屋の問題番号を足し合わせて入力するのだろう。いやしくも年季の長いプレイヤーたる幽鬼《ユウキ》なので、通ってきた道のりは覚えている。魔方陣の配列も念のためメモの裏に書き留めてあるし、ふたつを照合して答えを弾《はじ》き出すこともできる。さだめし幻影も同じようにできたことだろう。

しかし、とすると、この状況はどういうことだ？

幻影が計算を間違えたのか？　いや、考えにくい。ここまで徹頭徹尾優位にゲームを進めてきた幻影が、最後でうっかりミスをしたなんて説明は腑に落ちない。それに――幽鬼《ユウキ》がさっき考察したところによると、本当の対戦相手は白士《ハクシ》かもしれないのだ。あの人がそんな馬鹿な間違いをするところは想像できない。

だとすると、問題になにか裏があるのか？　幽鬼《ユウキ》は問題をさらによく観察して――

「――あっ」

気がついた。

誤答ペナルティの項だ。〈宝箱の周囲が崩落する〉――。しかし、この状況は、崩落しているとはいえないのではないか？　確かに床はなくなっているし、幻影は奈落に落とされていていかにも罰を受けているふうではあるけど、現象としてはガラスの床が開いただけだ。崩れ落ちてはいない。〈崩落〉というと、普通、もっと盛大な出来事のことをいうのではないか？

誤答ペナルティの記述と、実際の状態に齟齬《そご》がある。

ということは——これは。

「ペナルティじゃなくて……トラップのほうなのか？」

そうだ。幽鬼《ユウキ》が最初に開けた宝箱と同じだ。あのときは、蓋を開けた瞬間に吹き矢が飛んできた。今回の場合はおそらく、宝箱の問題に幻影が回答した瞬間、落とし穴のトラップが作動したのだろう。

たぶん、誤答ペナルティの言う〈崩落〉とは、もっと大規模なものなのだ。床だけではなく、天井や壁も崩れてきて、もっとしっちゃかめっちゃかになる手筈《てはず》なのだろう。いかにも崩落しそうに見えるこのガラスの床は、しかしそのじつ、誤答ペナルティとは無関係に動作するトラップにすぎない。

この宝箱には、つまり、二種類の罠《わな》が併設されているのだ。誤答すればペナルティが発生するのはもちろん、たとえ正答してもトラップが回答者を襲う。宝箱に問題がついているという初めてのシチュエーションが、このややこしさを産んだ。そのややこしさに、幻影はまんまと引っかかったわけだ。

ちょっと待て——すると、どうなる？　幻影は問題に回答した。それでペナルティが発生していないというのなら――

すなわち、正解している？

宝箱の鍵は、ならば、すでに開いているのか？

「…………」

幽鬼《ユウキ》は、幻影を見た。

宝箱を目指して、壁をよじ登っている。彼女はどこまで気づいているのだろう？　さっきの〈しくじった〉とはどっちの意味だ？　誤答してしまったものと勘違いしているのか、それとも、正解はしたが、足元のガラスがトラップであることに思い至らずという意味なのか――。どちらの場合でも、宝箱に触れれば真実に気づくだろう。

その前に――幽鬼《ユウキ》が先行しなくては。

幽鬼《ユウキ》は、落とし穴から少し距離を取った。

その距離と同じ分、助走をつけた。落とし穴の幅は二メートル弱。飛び越えるのは容易だ。幽鬼《ユウキ》は照明のランタンを持ったまま、裸足《はだし》の足で踏み切って、跳んだ。

壁に固定されていた宝箱の上に、着地した。

しっかりと固定されているようで、飛び乗っても落ちなかった。幽鬼《ユウキ》はランタンの持ち手を口にくわえ、両足で器用に宝箱へとつかまりながら、片方だけになった腕で宝箱の蓋に力を加えた。

読み通り、手ごたえとともに宝箱が開いた。

そして——幽鬼《ユウキ》は思わず、息を呑《の》んだ。

内壁まで金色に塗られた宝箱に、幽鬼のジャージがしまわれてあった。


（31／44）


ジャージだけではない。スニーカーと髪飾りもある。

いずれも何万個から製造されている既製品であるのだが、それがほかならぬ自分のものだと、一目見てわかった。汚れとかほつれとかそんなちゃちな手がかりによってではなく、なんとなく悟ってしまえたのだ。長年使い古している馴染《なじ》みの道具に特有のオーラがあった。

それが、なんだか、すごく喜ばしいことのように幽鬼《ユウキ》には思えた。宝箱にしまわれていたから、ゲームの最終目標だから、というだけの理由ではなかろう。不安定になっている現在の幽鬼《ユウキ》を、在るべき状態に戻してくれるもののように感じられた。諸手《もろて》がもし揃《そろ》っていたなら万歳して喜ぶところだ。外気に晒《さら》されている全身の肌が、ジャージに特有のあの肌触りを求めていた。

早速、幽鬼《ユウキ》は洋服一式に手をかける。

「──待てよ」

そんな幽鬼《ユウキ》に、声がかかった。

今の幽鬼《ユウキ》に声を届けられる人物は、一人しかいない。いや──一人もいない。幻影である。宝箱を目指して、落とし穴の壁を登っている。まだまだ幽鬼《ユウキ》には手の届かない距離ではあるが、せめて声だけでも放ってきたというわけだ。

幽鬼《ユウキ》は答えない。黙ってジャージに袖を通す。

「なあ、無視すんなよ。話そうぜ……」

幽鬼《ユウキ》を見上げつつ、幻影はそう言ってくる。

「……しゃべる体力があるなら、もっと真剣に登ってきたら？」

幻影を見下ろしつつ、幽鬼《ユウキ》は答える。

「それとも、会話に注意を割り振らせて、私の着替えを少しでも遅らせようって腹か？」

「そんなんじゃないよ。ちょうど近くにいるんだから、お話しできねえかなと思ったまでさ……」

「お前と話すことなんてない」

「なあ──このまま行っちまうのか？」幻影は構わず続ける。「私をここに置いて、一人だけ生き残っちまうつもりかよ？」

幽鬼《ユウキ》は鼻を鳴らした。

なにを言うかと思えば――。幽鬼《ユウキ》は幻影から目を離して、ジャージのボトムを手に取り、「なにを今更」と答えた。

「そういうルールで、そういうゲームだろ」

「ルールねえ……。本当にそれが大好きだよな、お前は」

幽鬼《ユウキ》は宝箱に尻を突っ込んで、体重を支えた。右腕と両脚をうまく操って、ジャージに足を通していく。

「なあ……。その左腕、どうしたんだ？」

と、そんな幽鬼《ユウキ》になおも幻影は話しかけてくる。

「どっかの扉で答えをミスったのか？　……いや、違うな。捨ててきたんだろ？　最後の問題はそういえば四択だったな。ブザーが鳴ったから急がなきゃってんで、一《いち》か八《ばち》か当てずっぽうに回答を入力したんだ。それでハズレを引いた。そうだな？」

幽鬼《ユウキ》は答えない。ジャージを履き終えて、次は髪飾りに手をかけた。

「そういう人間だよな、お前は。いざとなれば自分の体でも容赦なく切り捨てられる。執着ってやつがないのさ。この世のあらゆることがお前にとっては大切じゃない。だからそうしてしまえる。この人でなしめ」

片手だけで髪飾りを装着するのは難しそうだったので、幽鬼《ユウキ》は足の指を補助に使った。猿みたいな所作でまことに見栄えは悪かったものの、なんとか身につけることができた。

「――そんなふうにして、私のことも殺したのですよね？」


聞き覚えのある声に、幽鬼《ユウキ》は度肝を抜かれた。

下を見る。

そこには、玉藻《タマモ》がいた。


（32／44）


玉藻《タマモ》。

団子にくくった髪がトレードマークの、見目麗しい少女。幽鬼《ユウキ》の元弟子にして、この一件の発端ともいえる人物。

それが、落とし穴の中にいた。

「……っ」

数拍して、幽鬼《ユウキ》は事態を理解する。

玉藻《タマモ》の幻影を、幽鬼《ユウキ》は見ているのだ。――というよりは――もとは幽鬼《ユウキ》の形をとっていたのが、玉藻《タマモ》に変化したという見方が適切だろうか。考えてみれば、そうなっても全然おかしくはない。幻なのだから、誰の姿をとったって構わないだろう。幽鬼《ユウキ》に攻撃を加えるのによりふさわしい人材がいるなら、それに成ればいい。

「どうですか――幽鬼さん」

玉藻《タマモ》の声で、玉藻《タマモ》の姿で、幻影は言った。

「これでも私を置いていくんですか？　二回も私を殺すつもりですか？　幽鬼《ユウキ》さん……」

胸糞《むなくそ》が悪くなってくるのを幽鬼《ユウキ》は感じた。

もはや着替えなど続けていられなかった。この心境でスニーカーを持ってしまったら、怒りに任せて幻影に投げつけてしまうかもしれない。

その反応を見て手ごたえありと感じたのだろう、幻影は、哀れを誘う声で続ける。

「捨てないで、幽鬼《ユウキ》さん。置いていかないで……私を殺さないで……」

「……くだらねえことするんじゃねえよ！」

幽鬼《ユウキ》は叫んだ。幻影の思《おも》う壺《つぼ》なのだろうが、どうしても我慢ならなかった。

「そんなんでなあ！　この私が躊躇《ちゆうちよ》するとでも思うのか!?」

するわけがない。所詮は幻だ。玉藻《タマモ》は死んで、この世界のどこにもいないのだ。妄想の中で彼女を自宅に連れ帰って、妄想の師弟関係をまた再開する。そんな真似《まね》をするつもりはない。

怒号を浴びせられた幻影は――底意地の悪い笑みを見せた。本物の玉藻《タマモ》ならば絶対にしないであろう表情だ。

「いいえ、思いませんね」と幻影は答える。

「でも、痛いところを突くことはできたみたいですね。……あーあ、負けてしまいました。残念だなあ。これにて一件落着。幻影は消えて、弟子もいなくなって、平穏なプレイヤー生活に元通りですね。私を殺したくせに」

幽鬼《ユウキ》は答えない。無視――とは少し違うニュアンスの沈黙を貫く。

「でもね、覚悟しておいてくださいよ。幽鬼《ユウキ》さんが幽鬼《ユウキ》さんである限り、第二第三の私がきっと現れますよ。そのときもこんなふうにするんですか？　一人でわあわあやって、しばらくしたら心の中でなにかしらの決着がついて、全部忘れてけろりとして立ち直る……。そんなことを繰り返すつもりですか？」

「……もう二度と、こんな失態はしない」

「いいや、しますね。だってあんたは人でなしなんだから……。万物に対して、慈しみ大切にする心が根本的にないんだ。何事にも敬意を払えない、示せない。大事なことなんてこの世にひとつもない。私のことも、自分自身も、九十九回の目標さえも、腹の奥底じゃどうでもいいって思ってる」

幻影が言葉を続けていくうちに、その姿が歪《ゆが》んでいく。

玉藻《タマモ》から、また幽鬼《ユウキ》の姿に戻る。

「だからお前にはルールが必要なのさ。必死に楔《くさび》を打っておかないと、なにもかもばらばらにほどけてしまう……。なにも大切じゃないから、誰にも大切にしてもらえない。誰とも真っ当な関係を築くことができない。一時的に築けたとしても自分から台無しにする。そうして一人でもがき苦しみ続けるんだ。人と触れ合えずにさまよえる幽霊。それがお前っていう存在の性情だ！　違うか⁉」

幽鬼《ユウキ》は、言葉を返そうとした。

でも、なにも出てこなかった。なにか言え、と思う。言わせておくな。黙ってるってことは認めるってことだぞ。なんでもいいから、なにか、言い返せ——。その気持ちとは裏腹に、しかし口からは一言すらも出てこなかった。

——そんなとき、だった。

ずきり、という痛みが幽鬼《ユウキ》の体に走った。

（33／44）

心の痛みではない。物理的な痛みだ。

幽鬼《ユウキ》の全身の傷から発生したものである。切断された左腕、槍《やり》によって裂かれた皮膚、電流によって損なわれた体内組織――どれが痛みの発生源なのかまではわからない。特定することに意味はないだろう。

だが、痛みの瞬間、頭がはっきりとするのを幽鬼《ユウキ》は感じた。言いたいことが、言うべきことが、秩序だった形をとって頭の中に構築される。ああ――そうだ――そうじゃないか。
・・・・・・ここまでしてもらって、気づかないでいるつもりだったのか？　この恩知らずめ。
「……違う」

その言葉を、幽鬼《ユウキ》は幻影にぶつけてやる。

「そんなことはない。もしそうだとしたら、今のこの現状はない」

「……へえ？」

「私には、頼れる人がたくさんいる」

幽鬼《ユウキ》は続ける。

「エージェントさんに、鈴々《リンリン》さんに、調達屋さんに……誰かはわからないけど、対戦相手の人も。その協力のおかげで、お前と勝負のフィールドに乗ることができている」

言葉が喉を抜けていく。そのあとに熱が残る。

「もしも私がお前の言う人でなしだったのなら――誰とも真っ当な関係を築けないのなら、協力を得ることはできなかったはずだ。このゲームが開催されることはなかったはずだ。この〈スノウルーム〉そのものが、ここでお前と口論してるっていうこの事態そのものが、私の人性の証明だ！」

幽鬼《ユウキ》は言葉を吐ききった。

頭の中にある言葉を、全部使い切った。なにか言い返されたらもう二の矢はなかった。

しかし、幻影は黙った。悔しそうにしているわけでもなければ、呆《あき》れているわけでもない、なれどどこか不服そうな表情で落とし穴の壁を登ってくる。

それを受けて、幽鬼《ユウキ》も黙って着替えを進める。ジャージの上、下、髪飾りときて最後のひとつ――スニーカーを手に取って、それに足を通した。

そのとき、スニーカーから、ひらりとメモがこぼれ落ちた。

幽鬼《ユウキ》はそれをキャッチした。ランタンをかかげてメモに光を注ぎ、その内容を読もうとした。そんな幽鬼《ユウキ》に幻影は注目を向けた。

メモにはこう書かれていた。

ヒント26
どちらかのプレイヤーがジャージを見つけた時点で、〈暴力禁止〉のルールは失われる。奪い合いをすることが可能となる。

（34／44）


「え……？」

別室にて、エージェントは困惑の声をあげた。

その視線は、モニターに注がれていた。幽鬼《ユウキ》のいる地下——ではなく、地上部分。スタート地点となる、ゲーム名とルール説明の描かれた部屋を見ていた。

その部屋の壁が、一部、スライドした。

禁止事項の二、〈暴力禁止〉のピクトグラムが描かれている部分だった。真っ白な壁に置き換わり、ルールが見えなくなった。

さらにその後、スニーカーからメモらしきものがこぼれ落ちるのを見た。

あれはなんだ？　とエージェントは思う。あんなものがあるとは知らない。事前に聞いていたゲームデザインだと、このあとは幽鬼《ユウキ》が建物を脱出して終わりとなる予定のはずだ。すでにゲームは決着している。これ以上のことは起こらないはずなのに。

「く、くく……」

と、そこで、鈴々《リンリン》の含み笑いをエージェントは聞いた。

「驚いてるみたいね、エージェントさん。あなたには教えなかったから当然か……」

「どういうことです？」

「あなたの目に映っている通りよ」鈴々《リンリン》は平然と言った。「〈暴力禁止〉のルールが隠れた。すなわちそのルールは失われた。幽鬼《ユウキ》さんのスニーカーからメモがこぼれたでしょう？あれは、ルールの削除を彼女に知らせるためのものよ」

「な……」エージェントは一瞬言葉に詰まり、「なぜです!?　そんなことしたら、全部台無しではないですか！」

〈暴力禁止〉。幻影との勝負を成立させる要《かなめ》のルールだ。あれで幻影を束縛していたというのに、無くしてしまったら――。

「逆に聞くけれど、ただで帰してやるとでも思っていたの？」鈴々《リンリン》は言う。「暴力は禁止だから、強奪はできないから、もう一人の自分は指をくわえて見ているよりほかにはなくて、だから平和裡《へいわり》に脱出できて幻影を始末できました。……そんな生ぬるい決着を、この私が許すとでも？」

柔和な口調ではあった。

しかし、その背後に、穏やかならぬ感情が隠れているのを感じた。さっきの協力者に対してよりも、ずっと濃くて、深いものが。

「……隠していたのですね」とエージェントは聞く。

「ええ。あなたはきっと反対するでしょうから……。ゲームの完成間際、調達屋に頼んでこの仕様を入れてもらったわ」

　エージェントは調達屋を見る。彼は無言で目をそらした。

「これでも、けっこう怒っているのよ、私」と鈴々《リンリン》は言う。

「初めて話を聞いたとき、正直、彼女にがっかりしたわ。弟子を手にかけてショックです、なんとかしてください？　……俗物ね。そんなナイーブな悩みを抱く娘だとは思わなかった。なにを犠牲にしてもプレイヤーを続ける。死ぬまで続ける。そういう覚悟のある娘だと思っていたからこそ、惜しみない協力をしていたというのに……」

　鈴々《リンリン》は、パイプ椅子に深く背中を預けて、きしませた。

「だから……最後の最後で、はしごを外したというのですか？」エージェントは聞く。

「外したわけではないわ。少し意地悪しただけ。幻影を〈倒す〉のは無理でも〈逃げる〉ことはできるのでしょう？　だったらそうすればいいだけよ。出口まで逃げ切れれば、このゲームのルールが幻影を消してくれるでしょう……」

　鈴々《リンリン》はマイクを手に取った。そのスイッチを入れて、「もしもし。生きてるかしら？」と協力者に呼びかけた。


（35／44）

「――もしもし。生きてるかしら？」

イヤホンに、鈴々《リンリン》の声が届いた。

それを、白士《ハクシ》は、落とし穴の底で聞いた。

「……生きてますよ」と白士《ハクシ》は答える。

「テストプレイは終了するわ。お疲れさま。あとで救出に向かうから、そこで待っててちょうだい」

「もういいのですか？」

「ええ。あとは彼女が、自分でなんとかするでしょうから……」

〈彼女〉と鈴々《リンリン》は言った。あくまでも内幕は秘密にしたいようだ。

「それに、白士《ハクシ》さん、自力じゃ脱出できないんでしょう？　ゲームを進行できないのなら、プレイを続けてもらっても仕方ないわ」

「ええ……まあ、そうですね」

十メートルほど上方にある落とし穴の入口を、白士《ハクシ》は見た。この縦穴を登り切って脱出できるだけの体力を、我が肉体は備えていない。

「じゃあ、またあとで」

と鈴々《リンリン》は言い、通話を切った。

白士《ハクシ》は、背中のクッションに深く体重を預けた。落とし穴の底にはクッションが敷かれていて、落ちても怪我《けが》はしない仕様になっている。

やられた。最後の最後でしくじってしまった。気づくことはできたはずだ。ガラスが開いたということは、注意して観察すれば中央に切れ込みを見ることができたはず。このガラスが崩落するのではなく開く——すなわち誤答ペナルティとは無関係のトラップだと理解できたはずだ。馬鹿者め、と白士《ハクシ》は思う。ゲームの内幕だなんだと気を取られて、肝心なことを見落とすとは。

正答しても足場が崩れるのなら、白士《ハクシ》はどうすればよかったのだろう——と考えをめぐらせるが、すぐに答えを得た。そうだ。トラップにはトラップだ。途中にあった。あの罠《わな》を利用するのだ——。


(36／44)


幽鬼《ユウキ》は、ランタンを宝箱の中に置き、メモを握りつぶした。

だが、その内容は確かに覚えている。暴力解禁——。見なかったことにしようとしても無駄だ。幻影を消すことができないのと同様、メモの記述も忘れることはできない。

下を見た。

幻影がいる。こちらに登ってきている。さっきのように罵りの言葉を吐いてくることはなく、黙って手を動かしている。

ただし——その口は好戦的に歪《ゆが》んでいた。

奴《やっこ》さん、やる気だ——。メモの内容は幻影には見えなかったはずだが、幽鬼《ユウキ》の気配で事態を察したのだろう。いや、そもそも心を読めるのだったか。

しかし幻影の手はまだ届かない。壁の七割ぐらいの高さまで登ってきてはいるものの、落とし穴を脱出するにはまだしばらくかかるだろう。この時間的優位を活《い》かさない手はない。今のうちに少しでも幻影を引き離すのだ。幽鬼《ユウキ》はダンジョンの通路に目を向け、スニーカーを履いた両足にぐっと力を込め、ランタンを手に持ったまま——

跳んだ。

行きと違い助走をつけることはできなかったものの——それでも問題なく、通路の床に両足をつけることができた。じん、とした着地の衝撃による痺《しび》れが、足の裏から上ってくる。

それが抜けるのも待たずに幽鬼《ユウキ》は走った。通路を駆け抜け、角を曲がり、往路にて幽鬼《ユウキ》を痛めつけてくれたトラップ——幽鬼《ユウキ》の身長よりも長さのある槍《やり》の一群を抜けて、先ほど幽鬼《ユウキ》の左腕を食らった扉の裏側にたどり着いた。

幽鬼《ユウキ》がその前に立つと、扉は、ずごごと音を立ててゆっくり開いていった。

血管が切れるかと思った。

こんな——こんなにのんびりと開くのか？　往路でそうだったのだから復路でもそうなのが当たり前なれど、少しでも急ぎたい今の幽鬼《ユウキ》にとってはひどくもどかしかった。結局、三分の一も開いていない状態で、幽鬼《ユウキ》は体を横にして駆け込み乗車をするみたいに扉を抜けた。右腕に持つランタンが引っかかり邪魔だったので、捨てた。

そして、クリック音を頼りにしつつダンジョンを走った。

走りながらとなると地形把握に多少の難があり——あちこちぶつけながら、倒《こ》けつ転《まろ》びつとなりながら、しかしそれでも幽鬼《ユウキ》は次の扉にたどり着いた。やはり開ききらないうちに体を通して、また走る。三枚目、四枚目、と扉を抜けていく。

五枚目の扉に着いたそのとき、幽鬼《ユウキ》は足音を聞いた。

音響効果によるものでは、なかった。裸足《はだし》が石畳に触れることによって鳴る、ぺたぺたとした足音である。幽鬼《ユウキ》の想像上のものだ。幻影が迫っている——。足音が聞こえるとなるとかなり接近されているのだろう。幽鬼《ユウキ》はますます焦り、ますます強く扉の間に体を捻《ひね》り込み、追いつかれる瞬間を少しでも遅らせるべく手足を必死に動かした。

ダンジョンを走り抜け、地下の入口に。

はしごを登り、ハッチの扉へ。

扉を押し開けると、光が降り注いできた。まぶしくて幽鬼《ユウキ》は顔を後方に向けた——ところ、幻影がはしごを登ってきているのが見えた。幽鬼《ユウキ》は急いで光の中に飛び込み、地上に出て、ハッチを閉めようとした。

が、もうちょっとのところで、扉が動かなくなった。

さらに、押し上げようとする力がはたらいた。

幻影が地下から押しているのだ。幽鬼《ユウキ》は扉に体重をかけてその力に抗《あらが》う——とともに、一抹の馬鹿らしさを感じた。なぜって、実際にはたぶん、幽鬼《ユウキ》が一人でもがき苦しんでいるだけなのだ。傍目《はため》にはものすごく達者なパントマイムにでも見えたことだろう。でも、幽鬼《ユウキ》にとっては、この上なく切実なリアルなのである。

やがて、幻影に力負けして、徐々にハッチの扉が開いてきた。

扉の隙間から、幻影が肘を出してきたのが幽鬼《ユウキ》の目に映った。足で蹴っとばしてやろうとするが、すかすかとすり抜けてしまう。やはりこっちから攻撃はできないのだ。くそ。どうする。このままでは幻影も地上に出てきて、幽鬼《ユウキ》はジャージを奪われてしまう。変に抵抗せずさっさと逃げればよかったと後悔する。なにか手は。反撃の手立てはないか。幽《ユウ》鬼《キ》は辺りにすばやく目を走らせて——

ハッチの扉についている問題に、注目が向かった。

Q？？　この問題は何番の問題であるか？　テンキーで入力せよ。
誤答ペナルティ：この部屋の天井が落下する。

考えるよりも先に、手が動いた。

無茶苦茶《むちゃくちゃ》な番号を入力して、エンターキーを押した。

幽鬼《ユウキ》は扉を離れ、手近なドアへ一目散に走った。スライド式のドアを開け、隣の部屋に飛び込み、振り返る。

幻影がハッチを開き、地上に出てこようとしていた。

しかし――誤答ペナルティにより天井が床に迫りつつあったのを目撃すると、すぐにハッチを閉めて地下に戻った。

どうぅん、という、腹に響くような落下音がする。それからゆっくりと天井が上がっていくのを見届けるなんていう悠長な真似《まね》はもちろんせず、幽鬼《ユウキ》は出口に向かって走った。

いつかのおかえしだった。これで何秒か稼げたはずだ――と、してやったりの思いを幽《ユウ》鬼《キ》は抱く。走りつつ後ろを振り返って確認するが、幻影の姿はなかった。引き離せたようだ。

ドアからドアへ、部屋から部屋へ、幽鬼《ユウキ》は遁走《とんそう》する。

「逃さねえぞ！」

その最中《さなか》、幻影の声が聞こえた。

「こんなもんで逃げ切れるとでも思ってんのか？　終《しま》いにできるとでも？　無理だね！

こんな手ぬるい決着をお前自身が許さないはずさ！　そうだろうが！　今回はやられても、いつかまた化けて出てお前を捕まえてやる！　地獄に引っ張って連れてってやるよ！」

「口だけじゃなくて——実際に捕まえてみろよ！」

幽鬼《ユウキ》は一言だけ、答えてやった。

スタート地点の部屋に着いた。入ってすぐ、壁のルールが一部消えていることに幽鬼《ユウキ》は気づいた。ちゃんと確認する時間はなかったが、たぶん〈暴力禁止〉の項目だろう。

出口の扉はすでに開いていた。外の景色が見える。広々とした空き地に、エージェントの黒塗りの車が止まっている。もう少しだ。あと十歩もないゴールまでの道のりを、幽鬼《ユウキ》は走り切ろうとするのだが——

しかし、その前に。

幽鬼《ユウキ》は、後ろ髪を引・か・れ・た・。

「……っ！」

幽鬼《ユウキ》の頭皮に、痛みが走った。

錯覚——なのだろうけど、幽鬼《ユウキ》にとっては現実だ。後ろ向きの力を受けて、その足は止まってしまった。

「――ほうら、これが結果だ」

幽鬼《ユウキ》のすぐ後ろで、幻影が言った。

心底嬉《うれ》しそうな声。下品な悦《よろこ》びを含んだ声だった。

「私を振り切れないって思ってるのさ、心の底で。だからこうなる。違うかい？」

言いながら、幻影は幽鬼《ユウキ》の髪をぐいぐいと引いてきた。

それにより、幽鬼《ユウキ》の頭が傾き、体重が後ろに偏る。足を前に出すことができない。もう少しというところで、幻影に捕まってしまう――先日の逃亡劇と似たような状況だ。あのときは優秀なエージェントがなんとかしてくれたが、ここに彼女はいない。自分でなんとかしないといけない。

「違う、ね……」

うめき声混じりに、幽鬼《ユウキ》は答える。

「こうなったのは……けじめが必要だからだ！」

濃厚な存在感を放つ背後の幻影に、幽鬼《ユウキ》は思う。

そんなにそれが欲しいなら、くれてやる。

天国でも地獄でも、どこへなりと持っていけ。

「ぐ、う――」

幽鬼《ユウキ》は、首に力を込めた。

髪を引く幻影と、力比べを始める。さっきは負けたが、今回は負けるわけにはいかない。幽鬼《ユウキ》は歯を食いしばり、頭をもう十度か二十度傾けるためだけに持てる力のすべてを使った。顔面にものすごい力が入って、歪《ゆが》んで、化け物めいた相貌になっているのが自分でもわかった。部屋の隅に設置された監視カメラのことを思う。できれば見ないで、こんな私をどうか見ないで――という考えが場違いにも頭に浮かんでしまう。

幽鬼《ユウキ》は心に誓った。

こんなみっともない姿をさらすのは、もう、絶対にこれで最後だ。

「……っあああああああ!!」

声をあげながら、幽鬼《ユウキ》は足を前に出した。

一歩だけ、前進することに成功した。

一歩だけ、幻影を引きずることに成功した。

（37／44）

たった、一歩だけ。

しかし、この一歩には大いなる意味がある。なぜならこれで――幽鬼《ユウキ》だけではなく背後の幻影も――斜線の引かれた領域の床に足を踏み入れることになったからだ。

ゴール手前の床には、斜線が引かれている。プレイヤーに警告を与えるためのものだ。そして、左右には、ペナルティの執行者たるいかめしい銃器が設置されていた。ジャージを着ずに斜線の領域に立ち入ったら、撃ち殺されてしまうのだろう——と幽鬼《ユウキ》は推測を立てていた。

その推測が、今、確かめられる。

「て——てめえ——」

事態を察したのだろう、幻影は幽鬼《ユウキ》を引っ張ろうとする。

だが、幽鬼《ユウキ》は必死に踏みとどまる。

そうしているうちに、左右二丁の銃器が動いた。照準が、幽鬼《ユウキ》よりもやや後ろ——つまりはルール違反を犯した幻影のほうに合わせられた。幻影の姿はゲームの管理者側には見えていないはずだが、引っ張り合いをしているらしい雰囲気を幽鬼《ユウキ》が出していたものだから、合わせてくれたのだろう。

ただし——そこまで。

その銃が火を放つことは、ない。

当たり前だ。それすなわち、幽鬼《ユウキ》に向かって発砲するということなのだから。確かに照準はやや後ろにずれているものの、ぶれというものがあるだろう。幻影との対決を表現するためとはいえ、本物のゲームと同等の設定とはいえ、ここまでするのは馬鹿げている。

だが、そうしてもらわないと困るのだ。

そのぐらいしてもらわないと、この馬鹿げた話は、決着を見ない。

「……撃て」

だから、幽鬼《ユウキ》は言った。

「撃て！　ためらうな!!」


（38／44）


「──撃て！　ためらうな!!」

幽鬼《ユウキ》の声が、モニターを通して別室に響く。

それを聞いて、鈴々《リンリン》は椅子から背を離した。「どうしたの？」とエージェントに問うた。

「……それが……その……」

エージェントは、おろおろとした声で答えた。

「幽鬼《ユウキ》さんが……立ち止まってます。出口付近の、斜線が引かれたエリアで……」

「幻影に止められた、ということ？」

「だと思われます。それで……その幻影もエリアに入っているから、〈撃て〉と……」

「………」

鈴々《リンリン》は、頭の中で情景を思い描いた。するとみるみるうちにおかしさが込み上げてきた。「ふ、ふふ……」と、手で口を押さえて忍び笑いをする。

が、それでは発散しきれず、徐々に笑い声が大きくなっていった。少しでも気を抜いたら高笑いをしてしまいそうだった。柔和なお姉さんという己のキャラクターを守るためそれだけはするまいと、鈴々《リンリン》は必死にこらえる。はちきれんばかりの愉快さを、体の中に留《とど》めおく。

ルール違反を根拠に、幻影を撃ち殺す。

そうだ――それでこそプレイヤーだ。よくわかっているじゃないか。

「それで……どうしてるの、今？」鈴々《リンリン》は聞く。

「照準を合わせるところまでは行いました。ですが……どうしますか……？」

「どうするもこうするも――エージェントさん次第よ、もちろん」

鈴々《リンリン》は立ち上がった。

声の方向からして、エージェントがモニター前に座っていることはわかっていた。彼女の両肩に、後ろからそっと手を置いてやる。

「どうしてあげたいの？」

エージェントは、答えなかった。

だが、ためらいの感情が漂ってくるのを感じた。それはそうだろう。発射すれば、自分の担当を撃ち殺してしまうことになるかもしれないのだ。もちろん標的は幻影なのだが、不幸な事故が起こってしまう可能性も十分にある。ただ幻影を抹消するためだけに、幽鬼《ユウキ》の無意識にはたらきかけてやるためだけに、そこまでのリスクを負う必要があるか？　そう考えてしまうのも無理はない。

いじらしいな、と鈴々《リンリン》は思った。たまらないぐらいに愉快な気分になってくる。

「できないのなら、私が代わりに撃ってあげましょうか？」

鈴々《リンリン》は、エージェントの耳にささやいた。

しかし、彼女は——肩の動きからするとどうやら——首を振った。「……いいえ」

「私が、やります」

そして——

（39／44）

暴力的な光と音が、炸裂《さくれつ》した。

（40／44）

その瞬間、幽鬼《ユウキ》は、時間がゆっくりになったように感じた。

プレイヤーにはよくあることだ。土壇場中の土壇場で、前触れもなく感覚が研ぎ澄まされ、なにもかもわかるようになる。自分の体調、敵プレイヤーの動き、もはや回避する手立てのない災いすらも、なにもかも。

煙の尾を引きながら飛んでくる銃弾たちを、幽鬼《ユウキ》は確かに見た。

最初の一発は、幽鬼《ユウキ》の首をかすめた。鋭い痛みが走る――けれど、その鋭さが深傷《ふかで》ではないことを教えてくれた。痛みの神経信号が伝わる速度より銃弾の速度のほうがはるかに速いはずだが、〈痛い〉と感じられているのはなぜだろう――と妙に冷静なことを思う。脳内でうまく時系列の前後を補正しているのかもしれない。幻影を見ているのと同じように。

次の一発は、幽鬼《ユウキ》の肩をえぐった。幽鬼《ユウキ》の皮膚はもちろん、ジャージの肩口までもがぱっくり裂けたのがわかった――着古したジャージではあるけど、大きな傷をつけるのはこれが初めてだ。その一発に限らず、次も、その次も、幽鬼《ユウキ》もろともジャージに傷をつけていった。せっかく取り戻した我が相棒ではあるけど、これはもう、買い換えないことには済まないかもしれない。

ある一発は、幽鬼《ユウキ》の後ろ髪に侵入した。ぞりぞりと巻き込んで抜けていった。細線の束でしかない髪を撃ち抜くなんてことは当然できないわけだが、熱や摩擦は伝わる。当たった部分は焼き落とされる。そのことを幽鬼《ユウキ》は知っていたが——しかし、なぜ当たるのだろう？　前方の銃器からでは、幽鬼《ユウキ》の後ろ髪を狙うのは難しいはずだ。しかも一発だけではなく、多数の弾丸が幽鬼《ユウキ》の髪を抜けていく感触があった。どうなっているのだ？　あたかも、幻影が本当に髪を引っ張っていて、当てやすくなっているかのようではないか——。

ある一発を境に、幽鬼《ユウキ》を後ろに持っていこうとする力が消《き》え失《う》せた。幻影に対抗して力をかけていた幽鬼《ユウキ》は——だから、前にすっ転んだ。膝を打ち、床に手をつき、そして——

そこで、時間の感覚が正常に戻った。

ずがががが、と銃声が連続するのを聞いた。

「……っ……」

焦げ臭い匂いを感じながら、幽鬼《ユウキ》は振り向いた。

そこには。

髪の毛が散らばっていた。幽鬼《ユウキ》の髪だ。長いものもあれば短いものもある。後ろに手をやると、頭髪がところどころジグザグになっているのがわかる。かなり持っていかれたらしい。その犯人たる大量の潰れた弾丸と、弾痕と、幽鬼《ユウキ》の傷からあふれた白いもこもこを確認することもできた。

それだけだった。

誰の姿も、なかった。

誰の死体も、なかった。


（41／44）


別室にて、エージェントはタブレットを操作した。

ペナルティ用の銃器を動作させるためのものだ。撃つべき標的がいなくなったようだったので、左右両方とも、デフォルトの角度に戻した。

そして――深く息をついた。

全身が汗ばみ、血の気が引いていた。自然と手が口元を覆っている。完全に気分が悪いときのポーズであり、実際、気分は悪かった。鈴々《リンリン》と調達屋が同じ部屋にいなかったら、あるいは吐いていたかもしれない。

よかった――幽鬼《ユウキ》を殺さずに済んだ。何発か当ててしまったが、大事には至らなかった。本当に、心の底から、初めてのゲームを生き延びたときよりも深く、エージェントは安心する。

「――お疲れさま」

エージェントの肩を、鈴々《リンリン》が叩《たた》いた。

気配から、事が済んだことを読み取ったのだろう。

「ありがとうございます……」

エージェントはそう答えて、ふらふらと立ち上がった。幽鬼《ユウキ》を迎えに行くためだ。

「少し休んでいったら？　しんどそうよ」

鈴々《リンリン》はそう言ってくれるのだが、「いえ、仕事、ですから……」と答える。

モニター内の幽鬼《ユウキ》の様子からするに、幻影は去ったのだろう。このゲームの〈ルール〉がやつを消滅せしめたのだ。しかし、もし幽鬼《ユウキ》を待たせてしまったら――本物のゲームならありえないそんな処遇が続いてしまったら――ひょっとすると彼女の無意識が判定をくつがえし、幻影が蘇《よみがえ》ってしまうかもしれない。その恐れを断つために早く迎えに行きたい――ということをすべて言葉に起こすだけの気力はなかったので、エージェントはそれ以上なにも言わずに別室を出て、廊下を歩いた。

転ばぬよう、一歩一歩踏みしめるようにして進む。

そのうちに、気持ちが落ち着いてくる。

「……あれは……なんだったんだ……？」

そして、心に抱いていた疑問を、口にした。

というのも――ついさっきのことだ。ゴール手前で幽鬼《ユウキ》は立ち止まり、幻影と引っ張り合いをしていたわけなのだが、その彼女の髪が、奇妙な動作をしていたのである。

具体的には、不自然なぐらいにぴんと張っていた。

あたかも――何者かが後ろから引っ張っていたかのように。


（42／44）


もちろん、そこには誰もいなかった。幽鬼《ユウキ》一人である。

だがしかし、幻影の所業と思《おぼ》しきことが――単なる錯覚ではなく現実の現象として――エージェントの目にも見えていたのである。幻影を正確に狙うことができたのはそのおかげなのだが、しかし、あれは一体、どういう現象だったのだろう？

風でなびいていただけか？　そうであろう。物理的にはそうとしか考えられない。出口の扉は開いていたわけだから、風が吹き込んでいても別におかしくはない。建物の内外の気圧差かなにかで、局地的な突風が発生していたのだ。やけに髪がぴんと張っているように見えたのは――モニター上ではそう見えたというだけで、実際にはゆらゆらしていたのだろう。そのはずだ。そうだと思いたい。

本物の心霊現象だったなんて、思いたくはない。

幻影の一件だけで、もうお腹《なか》いっぱいである。これ以上のトラブルはごめんだ。ただの風。そうに違いない。エージェントは自分に言い聞かせるのだが――

――お疲れ様です、雪名さん。


耳に吹き込まれた声に、エージェントは驚き仰天した。

辺りを見渡す。

いない。誰も。幽霊めいたプレイヤーの姿なんて、体操服姿の生気がないプレイヤーの姿なんて、どこにもなかった。

「…………」

エージェントは、汗でじっとりと湿った額に手を当てた。

疲れてるんだな、と思うことにした。


（43／44）


幽鬼《ユウキ》は外に出た。

建物の外は、空き地だった。人工物はほぼ見られない。エージェントのものと思われる車と、たった今幽鬼《ユウキ》が出てきた建物と、そして――その隣にある、もう一棟の建物ぐらいのものだ。あそこでゲームの管理をしていたのだろうか。もうひとつのゲームもあそこで行われていたのだろうか。その辺りのことはわからない。

ただ、建物の裏側から、エージェントが出てくるのを幽鬼《ユウキ》は見た。

エージェントのほうもすぐに幽鬼《ユウキ》を発見したようで、ついつい、と車のほうを指差した。その動作がおそらくは指示していたところに従い、幽鬼《ユウキ》は車へと歩いた。脚に当たった弾丸は幸いにしてなかったので、問題なく歩けた。

「あ……そうだ」

と幽鬼《ユウキ》はつぶやいた。

使うべき言葉があることを思い出したのだ。しばらくご無沙汰だったような気がする、あの言葉。彼女をプレイヤーとして殺害したのだから、言ってやろう。せめてもの手向けとして。

「グッドゲーム」

幽鬼《ユウキ》は、空中に向かって言った。

ちょっと待ってみたのだが、誰の返事もなかった。

なので、「グッドゲーム」と、幽鬼《ユウキ》は自分で答えてやった。その行為のけったいさに、むず痒《がゆ》い顔をした。

（44／44）

3.ポストウォー・プロセス

〈0／3〉

幻影との一騎打ちのゲーム——〈スノウルーム〉が幕を閉じた。きわどいところまで追い詰められた幽鬼《ユウキ》ではあったが、今回もなんとか生還し、これを撃破することができた。

しかし、悲しい犠牲も、三つほど。

一つ目は、幽鬼《ユウキ》の左腕。真実の口に食われて、切り落とされてしまった。〈スノウルーム〉は運営主導のゲームではないので、もしやこのままなのでは——と恐々としていた幽《ユウ》鬼《キ》だったのだが、クリア後にエージェントの車に乗せられ、睡眠薬で眠らされて自宅に送られ次に目覚めたときには、もう治っていた。運営の医療的サポートを利用することができたのか、それとも周辺業界の人間に依頼してくっつけたのか。詳細はわからないが、エージェントが今回もうまくやってくれたらしい。優れた相方に恵まれたな、と幽鬼《ユウキ》は重ね重ね思う。

二つ目は、幽鬼《ユウキ》のジャージ。銃弾でびすびすと撃ち抜かれ、穴だらけ傷だらけとなってしまった。エージェントが手を尽くして修復を——ゲームの衣装にいつもしているのと同じように——試みてくれたのだが、ただでさえ着古してよれよれだったジャージがつぎはぎだらけで復活したそのさまはじつに哀れで、普段使いしたいとは思えなかった。買い替えもやむなしか、と幽鬼《ユウキ》は冷徹な判断を下す。まあ、とはいえ、捨てずにクローゼットにかけるぐらいのことはしてやろう、と思った。

そして三つ目は、幽鬼《ユウキ》の後ろ髪である。これも銃弾で撃ち抜かれ、あちこち焼け落とされた。こちらもこちらで哀れな状態だ。髪を失うこと——幽鬼《ユウキ》にとって初めての経験ではない。二十九回目のゲームで頭皮もろとも髪を溶かされ、人工のものに植え替えている。今回も同じようにしようと思えばできる——とエージェントは提案してくれたのだが、それとは別の解決法を選ぶことに幽鬼《ユウキ》は決めた。

なので、ゲームの後日、エージェントは幽鬼《ユウキ》の自宅にやってきて、〈それ〉を行うための準備を整えた。具体的には、六畳間の上にレジャーシートを敷いて、その上に椅子を置いて幽鬼《ユウキ》が座り、首の周りにケープをかけて、ハサミを持ったエージェントが後ろに立った。

この状態で催される行事は、世界に一種類しかない。

「……本当によろしいのですね？　幽鬼《ユウキ》さん」

すべての準備が済んで、エージェントは聞いてくる。

「切るのではなく、元の長さに戻すこともできるのですよ？」

エージェントが髪に触れたのが、幽鬼《ユウキ》にはわかった。

彼女の言う通り——ヘアカットを幽鬼《ユウキ》はエージェントに頼んだ。いい機会なので、短くまとめることにしたのだ。

もう二度と、後ろ髪を引かれないために。

「ざっくりいっちゃってください」

幽鬼《ユウキ》は答える。髪が落ちてもいいように、例のつぎはぎされたジャージを幽鬼《ユウキ》は着ていた。この衣服の最後の仕事だ。

「ただ揃《そろ》えるだけじゃなくて、もっと短くしてくれてもいいですよ。印象変えたいですし」

「そのレベルのヘアカットを、私に任せていいのですか？　経験ありませんよ」

「でも、ほかに頼める人もいませんから」

この状態の髪を一般の理髪店に持っていくのは、たぶんよろしくないだろう。プレイヤー御用達《ごようたし》の美容師なんていう存在もあるのかもしれないが、幽鬼《ユウキ》は知らない。仮にいたとしても、できることなら知り合いに任せたいと思う幽鬼《ユウキ》だった。刃物を持った見知らぬ人物が長時間後ろに立つという体験は、プレイヤーにとってあまり快いものではないからだ。

「別に失敗してもいいですから、気楽にやってくださいな」

「……かしこまりました」

そういうわけで、幽鬼《ユウキ》の髪にハサミが入れられた。

散髪の最中、幽鬼《ユウキ》はいろいろエージェントと話をした。「今回はありがとうございました、エージェントさん」と初めに言う。

「大変でしたよね、たぶん……」

「ええ、そうでしたね」

「もう二度と、こんなことにはなりませんから。どうかこれからもよろしくお願いします」

「こちらこそ」

もっと生々しい話をしたりもした。「そういえば、今回のゲームのお金って、どこから出てたんです？」

「……私の財布ですよね。聞くまでもなく」

離島の模擬ゲームのときも、その準備資金は幽鬼《ユウキ》の財布から出ていた。今回はかなり大掛かりな準備があったわけだから、予算のほうもかなりのものだろうと予想された。

「次のゲームまで、多少倹約してもらう必要があるかもしれませんね」

エージェントは答える。ゲームの賞金は運営の管理する裏口座にしまわれているので、有事の際には彼女が代わりに取り扱うことができる。

昔の話をしたりもした。「そういえば、最近、初めたてのころを思い出してたんですよ」

「エージェントさんが、まだ私のエージェントじゃなかったころですね」

「へえ……」

「特に一回目のゲームが記憶に残ってますね。当時の私、命懸けのゲームだって気づいてなかったんですよ。一緒にプレイしてた人……名前忘れちゃったな……がいたんですけど、その人の説明が曖昧で、よくわかってなかったんです」

「それはそれは……。申し訳ございませんでした」

「……？」少し妙な返答だと思い幽鬼《ユウキ》は眉をひそめるが、「ああ、そうですね。ちゃんとプレイヤー全員に、命懸けだって事前に通告しとかないと。フェアじゃないですもの」

そんな話をしているうちに散髪は進み、そこそこ完成形が見えてきた。今のところ大事故になりそうな気配はない。「このあと、人と会うんですよ」と幽鬼《ユウキ》は打ち明ける。

「今晩、待ち合わせの予定を入れてます」

「えっ……」

思ったより責任重大とわかったのだろうエージェントの手が止まる。

「そうだったんですか？　誰と？」

幽鬼《ユウキ》が名前を告げると、「……なぜ、その人と？」とエージェントは聞いてきた。

「だって、お礼を言いに行かないといけないでしょう？」


（1／3）


散髪を終えて、幽鬼《ユウキ》はエージェントと別れた。

家を出て、待ち合わせの場所に向かった。エージェントに送ってもらうことはしない。私的な交流なので、いつも自分の足で向かうことにしている。時間には十分余裕をとっていたので、幽鬼《ユウキ》は遅れずその場所に到着することができた。

マジックバーである。

いつもの場所だ。なんだかんだで、けっこうな回数通っている。店に入ると、すでに待ち合わせの相手はいた。「よう」とシンプルな挨拶をしてくる。

「こんばんは、師匠」と幽鬼《ユウキ》は答えた。

白士《ハクシ》。幽鬼《ユウキ》の師匠であり、九十五回のクリアを記録する伝説的プレイヤーだ。無駄な肉のついていないすらりとしたスタイルが特徴であり、引退して長い時が経《た》った今も、その姿に遜色はない。

幽鬼《ユウキ》は白士《ハクシ》の隣に座った。幽鬼《ユウキ》はソフトドリンクを、白士《ハクシ》はなにやら得体の知れない名前の長いお酒を頼んだ。マジックを鑑賞することは今回はせず、「それで、なんの用だ？」と白士《ハクシ》は聞いてきた。

「お礼を言いにきました」と幽鬼《ユウキ》は答える。

「久しぶりに、稽古をつけてもらいましたから」

「……やはり、お前だったのか」納得げに白士《ハクシ》は言う。

「あ。やっぱり、相手は師匠だったんですね」納得げに幽鬼《ユウキ》も言った。

「ん？」「え？」

話がこんがらがっている気配を感じた。「えっと……師匠、どういうふうに聞いてました？　今回の話」と幽鬼《ユウキ》は聞く。

「練習用のゲームを作ったから、そのテストプレイをしてほしい、という申し出だった。もうひとつの会場に対戦相手がいるというのはわかっていたが、お前だとは知らなかったな」

「あー……なるほど」

確かに、協力者に与える情報量はそのぐらいが妥当だろう。対戦相手が幽鬼《ユウキ》だとか、幻影がどうたらの話まで伝えるのは賢明ではない。

「お前が私を呼んだのではないのか？」白士《ハクシ》は聞く。

「いいえ。たぶん、鈴々《リンリン》さんの人選です。……鈴々《リンリン》さんには会いました？」

「ああ。ずいぶんいじめられたよ」

「いじめられた？　師匠が？」

「向こうが先達だからな。力関係としてはそうなる」

この大御所がいじめられているところを幽鬼《ユウキ》は想像しようとする。しかし、まるで全然、像を結ばなかった。

「すると、お互いに相手の正体を知らなかったわけですか」と幽鬼《ユウキ》は言う。

「そしてどうやら、お互いに相手の正体を察していた。……どうして私だとわかった？　ゲームが終わったあとに聞いたのか？」

幽鬼《ユウキ》は首を振る。「まあ、なんとなくです。私にとって最悪の相手は誰かな……と考えたところ、師匠の名前が浮かびました」

実際にはもう少し込み入った推測だったわけだが、それは伏せることにした。幻影の話を師匠にはしたくなかったからだ。

「ところで師匠。最終問題のあれなんですけど」と幽鬼《ユウキ》は話題を移す。

「宝箱が開いてなかった……ってことは、落とし穴に落ちたんですよね？　あのガラスがトラップだと気づかなかったんですか？　それともわざと落ちた？」

「もちろんわざとだが」白士《ハクシ》はさらりと答える。「ワンサイドゲームでつまらないので、少しハンデをつけてやろうと思ったのだが……。つけすぎてしまったようだ」

「嘘《うそ》つき」幽鬼《ユウキ》は半目になる。「そんなことする人じゃないでしょう、師匠」

白士《ハクシ》は答えない。だが、少し悔しそうな顔がすべてを物語っていた。

「情けないな。しばらく安穏と暮らしていたらあのざまだ」白士《ハクシ》は正直になる。「ちゃんとガラスを観察すれば、切れ込みが入っているのを確認できたはず。崩落するのではなく開く――すなわちトラップだと読み取れたはずだ。注意散漫と言わざるを得ない」

「でも、あれってどうすればよかったんですかね？　宝箱にしがみついて回答するとか？」

「落とし穴は避けられるかもしれんが、そのあと向こう岸に飛び移るのは私の肉体では無理だ」

「じゃあ、どうやって……」

「槍を使う」

師匠なりに検討していたのだろう、すぐに答えが返ってきた。

「最終問題の近くに、槍《やり》が降ってくる罠《わな》があったろう？　全長は二メートルほどあったはずだ。落とし穴の幅よりも長い。あれを操ってエンターキーを押し、宝箱を開けてアイテムをかき出す」

「槍って重いんじゃないですか？　師匠、操れるんですか？」

「重いのは穂先の部分だろう？　攻撃を目的とするわけではないのだから、叩《たた》き折るか、あるいは穂先のほうを持てばいい。それでも長さは十分だ」

「ははあ……」幽鬼《ユウキ》は納得しかけるが、「あれ、でも、ジャージとスニーカーはそれでいいとしても、髪飾りはどうやって回収するんです？　槍でかき出すのは無理がありますよ」

「髪飾り？　なんの話だ？」

「え？」

白士《ハクシ》は幽鬼《ユウキ》の前髪――にかかっている髪飾りに目を向けて、

「ああ……。もしかして、お前のほうは、それを回収するゲームだったのか？」

「師匠のほうは違ったので？」

「違う。王冠だった。しかもゲーム前に実物を見せられていた。天井のついていない筒状のものだったから、槍に通してするすると滑らせるだけで、手元に引き寄せられる。それなら私の腕力でもこなせるだろうよ」

なるほど、と幽鬼《ユウキ》は思う。ちゃんと攻略の道筋は用意されていたのだ。

「私からもひとつ聞かせろ」と白士《ハクシ》。「その髪はどうした？　見るに、ついさっき切ってきたところのようだが」

「え……なんでわかるんですか？」

「服に髪がついている」

白士《ハクシ》の親指が指し示した先を見ると、確かに、服の襟に髪の断片がついていた。切ってきたと明らかにわかる痕跡である。

幽鬼《ユウキ》はそれを払い落としつつ、「いろいろありまして」と答える。

「私には話せないことか？」

「まあ、そうです。お恥ずかしい話というか、なんというか……」

白士《ハクシ》はグラスを傾けて、一言。「相変わらず、馬鹿をやったらしいな」

一種類の言葉を当てることができない表情で、「ええ、そうですね」と幽鬼《ユウキ》は答えた。

（2／3）

幽鬼《ユウキ》はマジックバーを退店して、帰路についた。

行きと同じく、帰りも電車を使うことにした。夜風が首に――髪を短くしたことで外気にさらされている首に――当たるのを感じつつ、駅に向かう。

駅近く、および構内にはたくさんの人がいた。帰宅ラッシュの時間は過ぎていたものの、人の世の活動はまだまだ盛んな時間帯だ。外から駅へ、駅から外へ、駅に併設されている飲食店へＡＴＭへ、それぞれの目的が複雑な人の波を作っている。それをかいくぐって幽鬼《ユウキ》は改札に向かおうとするのだが――

「……あれ？」

そこで、ふと気づく。

わかる。

見える。人混みの動きが。片目だけで遠近感が失われているはずの視界で、誰にもぶつかることなく、当たり前のように歩けている。

そういえば――もうずいぶん、片目の視界に苦労を感じていないことを思い出す。日常生活にはもともと問題なかったけれど、こういうややこしい状況は苦手としていたはずだ。それに――幻影の一件で、日常生活からかけ離れた行為をいろいろした。街中を走り回ったり、トラップをかわしたり。片目ならではのミステイクが一度も起こっていないのは、どういうわけだ？

「…………」

幽鬼《ユウキ》は、試してみたくなった。

そっと、左目を閉じて、人混みを歩いた。

クリック音は鳴らさない。傍《はた》から聞くと舌打ちにも聞こえる音なので、あまり鳴らしたくはなかった。仮に鳴らしたとて、ここまで複雑な人の動きは読み切れないだろう。

しかし、なのに、幽鬼《ユウキ》は問題なく歩けた。

あたかも武道の達人が、降り注ぐ矢の中を平然と歩いていくように——誰にもぶつからず、スムーズに人混みを抜けた。財布からICカードを取り出し、改札に当てて通り抜けることまで、視覚に頼らずやってのけた。

幽鬼《ユウキ》は振り返り、改札前の人混みを見る。——今、なにをした？　自分はどうやってあれを抜けてきた？　周りの歩行者が道を譲ってくれたわけではなかろう。左目は閉じていたものの、右目は開けていた。見えていないことは明確ではなかったはずだ。歩行者が生み出す気流を読み取りでもしたのだろうか？　この、少し敏感になった首で。

わからないが、なにかしたのだ。

進化している。幽鬼《ユウキ》の感覚能力が。

それもそうか——と幽鬼《ユウキ》は思う。なにしろ自分は、存在しない人間と戦ってきたのだ。飛んで跳ねて、しゃべって、ゲームをプレイするところまで想像した。あの体験が、幽鬼《ユウキ》の感覚能力を鍛え、ワンランク上に引き上げたのだ。

その事実が、なんというか、ますます幽鬼《ユウキ》の胸中に複雑な感情を与えた。悪食――という言葉が頭に浮かぶ。こんな経験まで糧にするのか、私という人間は。弟子を殺して、幻影を見て、苦しんで、プレイヤーとしてひとまわり成長しましたって？　人の心ってやつは相当都合よくできているらしいと幽鬼《ユウキ》は知る。

複雑な気分のまま、幽鬼《ユウキ》は電車に乗り、自宅の最寄り駅に立つ。

夜道をとぼとぼと歩く。

その道中、使うべき言葉がまだ残っていることに幽鬼《ユウキ》は気づいた。〈グッドゲーム〉のほうはすでに言ったわけだが、こっちのほうも言っておこう、と思った。ゲームが終わったら、言ってもいい。それがルールだ。ときには幻影となって幽鬼《ユウキ》に牙を剥《む》くこともあるが、そこから救い上げてくれるのもまたルールである。今回もそいつに従うことにした。

「悪いね」

誰にでもなく、幽鬼《ユウキ》はつぶやいた。

もちろん、誰からも返事はなかった。


（3／3）

あとがき

こんにちは、鵜飼《うかい》です。

『死亡遊戯』六巻にお付き合いくださいまして、まことにありがとうございます。

すいません、私事で恐縮なのですが、わりとギリギリの状況でこの文を書いておりまして、一体なにを喋《しゃべ》ったものか……。今回の話を作るにあたって、『老人と海』なり『文字禍』なりを読みながら書いていたことを記憶しています。本編に活かされているようなそうでないような……。物事に入れ込みすぎるほど逆にわけがわからなくなっていく、というのは、どこの世界でもあるものでして、幽鬼《ユウキ》の場合もそろそろその時期に差し掛かっていると思いまして、そういうのを表現したくテーマは『自分との戦い《い》』に。

自分との戦いというと、ややもすれば抽象的な展開になりがちなテーマではありますが、そこはやはりゲームの小説ですから、ルールのある決闘という形に仕立ててまいりました。あたかも妖怪をお札や呪文で結界に封じるみたいに、幻影をルールで縛り、そして撲滅する……。こんなことを現実世界で試みては絶対にいけませんが、いかにもプレイヤーらしい、殺人ゲームの専門家らしい解決方法であります。そんな『死亡遊戯』六巻、お楽しみいただけましたのなら、幸いでございます。

殺人ゲームというカテゴリーからはみ出しつつある物語にお付き合いくださっている、編集O氏とねこめたる先生には、毎度のことではありますが心一杯の感謝をいたします。各方面の皆様におんぶにだっこの作家でございます。本当にありがとうございます。本当に……。

それでは……。『死亡遊戯』七巻で、またお会いできますでしょうか……？

幻影との戦いを乗り越えた私は、
順調なプレイヤー生活を
送っていた。
あるときは海戦のゲームを、
またあるときは
お化け屋敷のゲームを、
いずれも悠々とクリアする。

しかし――
平穏ではいられない星の下に生まれたのか、
外に目を向ける余裕ができたからなのか――
とめどないトラブルがゲーム外で発生する。
あるときは殺し屋の少女から訪問を受け、
あるときは私のアパート――
トチノキ荘の隣人が誘拐され、
あるときは私の居住地――
春楡市を支配する不良グループの
抗争に巻き込まれる。
これらすべてを退けて、
平穏な生活を維持することができるか？

今度の私は、
死亡遊戯で飯を食いつつ——
そのかたわらで、物語を刻む。
今度の私は、
死亡遊戯で飯を食いつつ——
そのかたわらで、物語を刻む。
死亡遊戯で飯を食う。

角川コミックス・エース刊

死亡遊戯で飯を食う。

漫画:万歳寿大宴会

原作:鵜飼有志

キャラクター原案:ねこめたる

コミックス

好評

発売中!

月刊コンプエース&

WEBにて連載中!

ComicWalker

ニコニコ静画

MF文庫J

死亡遊戯で飯を食う。6

2024年 4月25日 初版発行
2024年 9月10日 4版発行

著者 鵜飼有志

発行者 山下直久

発行 株式会社KADOKAWA
〒102-8177 東京都千代田区富士見2-13-3
0570-002-301（ナビダイヤル）

印刷 株式会社広済堂ネクスト

製本 株式会社広済堂ネクスト

Printed in Japan ISBN 978-4-04-683544-4 C0193

●お問い合わせ
https://www.kadokawa.co.jp/（「お問い合わせ」へお進みください）
※内容によっては、お答えできない場合があります。
※サポートは日本国内のみとさせていただきます。
※Japanese text only

◇◇◇

この作品は、法律・法令に反する行為を容認・推奨するものではありません。

【ファンレター、作品のご感想をお待ちしています】
〒102-0071 東京都千代田区富士見2-13-12
株式会社KADOKAWA MF文庫J編集部気付「鵜飼有志先生」係「ねこめたる先生」係